◎ 相约名家 · "冰心奖"获奖作家作品

HUOCHUZIJIDEZHENSHI

活出自己的真实

杨小凡 著

高长梅　王培静/主编

九州出版社
JIUZHOUPRESS　全国百佳图书出版单位

图书在版编目（CIP）数据

活出自己的真实 / 杨小凡著. -- 北京：九州出版社，2013.5
（2024.4 重印）
（相约名家·冰心奖获奖作家作品精选 / 高长梅，王培静主编）
ISBN 978-7-5108-2067-0

Ⅰ.①活… Ⅱ.①杨… Ⅲ.①小小说 – 小说集 – 中国
– 当代②散文集 – 中国 – 当代③短篇小说 – 小说集 – 中国
– 当代 Ⅳ.①I217.2

中国版本图书馆CIP数据核字（2013）第084616号

活出自己的真实

作　　者	杨小凡　著
出版发行	九州出版社
地　　址	北京市西城区阜外大街甲35号（100037）
发行电话	（010）68992190/3/5/6
网　　址	www.jiuzhoupress.com
电子信箱	jiuzhou@jiuzhoupress.com
印　　刷	三河市恒升印装有限公司
开　　本	710 毫米 × 1000 毫米　16 开
印　　张	8
字　　数	115 千字
版　　次	2013 年 5 月第 1 版
印　　次	2024 年 4 月第 6 次印刷
书　　号	ISBN 978-7-5108-2067-0
定　　价	49.80 元

出版说明

冰心是我国现代文学史上著名的作家，她的儿童文学作品和散文在中国文学史上占有重要位置。

这里所说的"冰心奖"包括"冰心儿童文学艺术奖"和"冰心散文奖"。

"冰心儿童文学艺术奖"创立于1990年。创立以来，它由最初的单一儿童图书奖，发展为包括图书、新作、艺术、作文四个奖项的综合性大奖，旨在鼓励儿童文学作品的创作出版，发现、培养新作者，支持和鼓励儿童艺术普及教育的发展。其中，"冰心儿童文学新作奖"与"宋庆龄儿童文学奖"、"陈伯吹儿童文学奖"、"全国儿童文学奖"并称国内四大儿童文学奖。

"冰心散文奖"是一项具有权威的全国性的散文大奖。冰心生前曾是中国散文学会名誉会长，"冰心散文奖"是遵照其生前遗愿而设立的，旨在彰显我国散文创作的成就，不断评选出题材广泛、思想敏锐、着力表现现实生活，创作形式风格多样的优秀散文。"冰心散文奖"是与"茅盾文学奖"、"鲁迅文学奖"并列的我国文学界散文类最高奖项，也是中国目前中国散文单项评奖的最高奖。

《相约名家·冰心奖获奖作家作品精选》共收录近年来荣获"冰心儿童文学艺术奖"和"冰心散文奖"的三十位作家的作品。这些作品无论是小说还是散文，或抒写人间大爱，或展现美丽风光，或揭示生活哲理，或写实社会万象，从不同角度给青少年读者以十分有益的启迪。

随着中小学课程改革的深入与发展，让中小学生多读书、读好书早已成为共识。我社推出本套大型丛书，希冀为提升中国的基础教育、为青少年的健康成长尽一份力。

九州出版社

目 录
C O N T E N T S

目 录

C O N T E N T S

小小说

独臂先生

药都自然出名医，何况又是华佗的后代。华济生一出诊便闻名百里。

到了四十岁，更是妙手回春。不敢说药到病除，但只要不是死症没有他治不了的。当时病人及家人们有这样一说：华先生说没治了，死时都是笑着的。这意思很明显，华先生是不会错诊的。他治不了的病，就是命该如此了。

华济生从此也更加自信，整个儿圣祖华佗再生。

这一天，华先生刚开大门，便见一辆载一瞎眼老妇人的独轮车停在门前。推车的汉子见华先生出门，跪倒便拜："请华先生救救俺娘。"

华济生先观了一下老妇人铁青的脸色，看了舌苔，把脉片刻后，停了少顷，起身向门外走去。

汉子一步跟上："我娘的病咋了？""别说了，快回去弄点老人喜欢吃的，别亏了她的嘴，这就算你的孝道了。"说着掏出一把钱递过来。

"天底下没有治不好的病，我不信俺娘不行了。"汉子接过来的铜钱又撒了一地。

"孩啊，推我回吧，华先生说了，我就认了。"瞎老妇人呻吟着。

"什么神医？"汉子仍然不服气地嚷道。

"这是断肠疗，眼下大肠都烂了，神仙也是治不好的。"华济生劝慰说。

"要是有人能治好，我砸你的招牌。"汉子怒目发誓。

"别说砸招牌了，你娘能挨过百天，我砍给你一只胳膊。"说罢，华济生拂袖而去。

七七四十九天后，汉子扶着老母直奔华济生的"济世堂"大门，"华先生，还不把这济世堂的招牌砸了！"

华济生抬头审视红光满面的老妇人片刻，一句话没说，拎起一把锋快的药铲，把左胳膊压在坐凳上，一闭眼举铲而下。

"华先生，你不能啊！"一声大叫，药铲被汉子夺下。

"男人一口唾沫一个钉，还能让大风卷了舌头。留一条胳膊就够我用的了，砍掉一只我就能记一辈子。"华济生痛苦地坐在凳子上。

"华先生，你断我没治了，我还真等着死呢。可自打我吃了爬进碗中的一个活物，病竟慢慢地好了，"瞎老妇人迷惑地说，"我正想找你问个究竟呢。"

华济生起身，来回走了足足十趟，忽然拉住老妇人的手："我差点害了你老人家，生吃醋泡蜇过蜉蝣的公蝎是能治这病的。"

送走汉子和老妇人，华济生便摘了"济世堂"金匾。从此，无论干啥就只用右手，左手总是背到身后。

据说，后人给华济生塑像的时候，明明两只手都塑在前面，可第二天左手硬是又背到了后边。人们便称华济生为"独臂先生。"

从此，药都中医只用右手把脉便沿袭下来。

穆锅盔

　　药都的锅盔是一种独特的面食，又名壮馍，厚足一寸，直径满三尺。有人来买，用薄如火纸的长竹刀轻轻一划，嚓地掉下一块，外脆里筋，表酥内绵，甜丝丝，香喷喷，富人家直接吃，一般市井人家用其作下饭下酒的菜吃。巴掌大一块足够一个成人的晚饭，其筋其软其酥其脆其香其甜其味其质其色其形，无不堪称一绝。这说的是穆家锅盔。清末民初，药都有四十多家专营锅盔，但独穆芳的锅盔最为有名，人代物名、物代人名，久之，人称穆芳和穆家锅盔均曰：穆锅盔。

　　穆锅盔生于光绪年间，长在清风巷，及至成人，做锅盔卖锅盔也在清风巷口。其人高七尺，臂长过膝，手大若扇，曾有一卜师吃过他的锅盔说他有帝王之相，只因风水被人所破，才成了为世人提供美食的艺人。穆锅盔并不相信，一笑了之，依然天天做锅盔卖锅盔。

　　看穆锅盔做锅盔是一种享受，有人看出香来、有人看出味来、有人看出神来、有人看出阳刚之美、有人看出阴柔之雅。每天太阳刚刚露脸，穆锅盔就开了朝东的店门，把放在店内的面案、平底大锅等一应用具搬出来，他再把袖子挽到两肘上方，清水净手后，便开始了一天的生意。他每天只卖一斗麦面的锅盔，十六两称整整十五斤。这些面一次倒入缸中，一次性兑水入内，然后弯腰勾头，一气和好。净手，点上一袋水烟，口吐青雾，面向东方。恰好一袋烟抽完，面正"醒"好，扬手把烟袋交给站在身后的徒弟。再净手，又弯腰低头两手入面缸，只听啪的一声，一块石头样瓷实的面块甩在了右面的面案上，啪、啪、啪如是三声响，三块大小一样的面块，紧挨着排在了七尺长的面案上，之后，穆锅盔才直起头来，耸肩出气，像做了啥重活一样。接着，穆锅盔取一面块，揉了堆、堆了揉，反复一百零八遍，面块"熟"了，正好成一圆球；两手并拢按了一圈，面球变成了径达二尺的面饼，再用梨木面杖忽地旋了一圈，面饼正好厚足一寸、径三尺；然后，只见他抓一把芝麻，手腕一旋，芝麻薄薄地盖了一层。此时，平底大锅下炭火正白。

穆锅盔并不看铁锅，两手两边托起面饼，啪地向锅内一撂，面饼在锅中一旋，正好严严地塞满铁锅。穆锅盔做锅盔，锅底并不放油，只是带芝麻的一面在锅底干炕，文火慢炕。半个时辰之后，锅盔成了，用手猛地提出，只见先前的面饼已如石块，靠锅底的一面正好炕出五个深黄的圆印，浑似鸲鹆眼，砚台般大小。这是穆锅盔特有的标志……

人的能耐大了，规矩也准大。穆锅盔有两条规矩：一是，火候不到，任你买家催待急要也不出锅；二是，每天只卖三饼，任你达官富商势力再大出钱再多也绝不多做。真让药都人又奇又气。

话说宣统元年，官至热河都统、昭武上将军的药都人姜桂题，想将口福惠及家乡父老，重金从宫中请来八位御厨来药都联袂授徒传艺，为药都留下三百二十九道有名大菜，这是后话。御厨离药都的前一天，听说穆锅盔世上独有，就想尝尝。但由于起床晚了点儿，来到清风巷穆锅盔店前，恰第三个锅盔刚刚卖完，正要收摊。姜家大管家一脸讨好地说："烦请穆先生再做一个，这八位御厨可是慕名而来的呀！"穆锅盔看都不看一眼，"明天请早！"说罢，扭身进店。

管家和御厨们离开后，徒弟问穆锅盔，"师傅，这些都是御厨啊，何不破个例！"穆锅盔长叹一声，"你还年轻，规矩改了，穆锅盔就不是穆锅盔了！"

徒弟并不解其意。

吴 状 元

药都这地界儿，自打出了老子、陈抟、建安三曹后，绵延两千年，再没出过一位像样的人物。

这地气似乎真的给拔尽了。

康熙初年，终于又出了一位人杰——城东门老吴家的大公子吴明。五岁便能以"眉先生，胡后生，先生不及后生长"对"眼珠子，鼻孔子，朱子本在孔子上"之句。二十岁及皖、苏、浙三省乡试解元第。

康熙二十五年开科大选，天下举子纷纷进京，但吴明却不愿应考，直急得他老父摇头顿足。正在这时，药都三老来访。

这个说："咱药都帝王将相都出过，唯独没出过状元。"

那个说："因着没状元，黉学里初一十五会文，连中门都不能开，读书人脸上无光啊。"

"吴解元说啥也得给咱家乡争口气。"其中一个拱手便拜。

吴明一脸感动地说："三老放心，我吴明去争这口气。"

第二天，他打发书童买了个红纱灯笼，贴上黄纸金字，上书"状元及第"，下题"药都吴明"。第三天，即飞马进京。

到了北京城国子监门口，吴明迎面碰上一举子，同样地手执红纱灯笼，同样地上书"状元及第"，只是署名不同，"长州金圣叹"而已。

吴明和金圣叹相持一个时辰，同时下马，同时举手相拜，同时口出一言："天下竟有如我者！"

这就叫不是冤家不聚首。

推杯换盏之后，金圣叹提出能否私设科场，相互领教，输者吹蜡走人。

太阳一竿高，吴明起床知金圣叹不见了。只留下一字条：小弟不才，下科再考。

吴明断定金圣叹已离京回了长州。立即飞马出京相追。

追至傍晚，终于见了金圣叹。

"贤弟何须如此？"

"君子绝不食言。"金圣叹倒头便拜。

吴明哈哈大笑："我这番来京，本逢场做戏儿，今科大选理当成全贤弟。况我无意功名。"

会试殿试后，龙虎榜一出，金圣叹果被康熙皇上御点为状元。而吴明因让了状元也无心回乡，整日间与广济寺和尚下棋诵经，好一个人间神仙儿。

转眼间康熙六十大寿到了，众翰林公推金圣叹题金匾祝贺。金圣叹略一沉思，题回文诗一首。这诗不愧为金圣叹手笔，横能念，竖能读，倒过来也丝丝入理，全是颂赞皇上寿比南山，功德无量的敬语。但每行让过字头，斜着一念，便令人胆寒："世上若无金圣叹，康熙皇上要完蛋。"只是众进士不明玄机罢了。

金圣叹忽念起吴明相让之情，便提议落上吴明的大名。众人无异，他便提笔添上一行小字："今科三百六进士，外加药都一吴明。"

一天早上，京城突然大乱。吴明起床走出广济寺山门，就被一老和尚拉回。

"翰林送给皇上的寿匾出事了，皇上发下圣旨，要把送匾人全部斩首。听说匾上有你的大名，赶快逃吧。"

吴明只好蓄了发，穿上袈裟，离京城而去。

虽然吴明没争回状元，虽然史书上没有记载，药都人却依然世代称他为吴状元。

曹　操

　　曹操被加封魏王的当天夜里，他遇着了从未遇过的两个大难题：一是门人送来孙权的密信，劝他称帝；一是儿子曹丕反对他回家乡亳都，为吕伯奢建祠。

　　这两事都碰到了曹操的麻骨上。前者，想而不能但不忍，后者，能而不想但又必做。挟天子以令诸侯，他拥有的是"奉皇帝命讨伐有罪之人"的政治上的主动，而此时称帝无异于炉上自烤；为吕伯奢建祠，虽属应当，但正如丕儿所言也是炉上自烤，只不过烤的是自己千百年后的名声。天亮时分，曹操最后一次把豆青茶盅重重地墩在几上时，已无茶水溅出了。

　　曹操背手昂胸迈出殿门，一轮红日正好血艳艳地打在他的左脸上。他只觉眼前一红，就见曹丕正红彤彤地站在前方，很是精神。

　　曹丕赶紧迎来："父王？"

　　曹操目光朝前，定定地瞅了曹丕足有一个时辰，突然仰天大笑："败操者，操也；胜操者，亦操也！"

　　曹操再颔首注目时，曹丕依然圆张着嘴，仰头向天。"丕儿，安排车马，回乡！"

　　鼓号相应，车马辚辚，旌旗飘扬。还乡路上，曹操的眼前却是另一番景象——

　　也是一个秋天，百物萧瑟，他从京都单骑而出，两耳呜呜的秋风，两眼血色的高粱红。马背上的他，脑子里始终是捧刀见董卓的一幕。皇室衰微，董卓弄权，一心重整汉室的曹操，本想献刀杀董，却落得被迫逃离，亦凄更壮。一路上，曹操恨从心生，鞭急马快，不觉间又到傍晚。勒马眺望，前面竟是自己熟悉的吕庄，正是先父的结拜弟兄吕伯奢的庄子，离药都城仅有三十里了。

于是，决定进庄，一是好好地歇一晚上，二则可向吕伯奢讨教。

吕伯奢一见曹操，高兴异常，再听其刺董贼未遂，正遭缉拿，更是唏嘘良久。之后，转身出门，命四个儿子杀猪宰羊，自己则去四里外的集上打酒。

这些天来，曹操就没有真正静下来过，即使在吕伯奢的客堂里，他依然两耳高竖，坐立不宁。他刚喝完了一杯茶，就听到了嚯嚯的磨刀声，侧耳再听，竟有人说："马上堵了门，别让他跑了！"他眼前突然一黑，拔剑出门，"好一群不顾大义的小人！"

吕伯奢的小孙子正在瞪目瞅他，却忽地一剑两开，一股红流喷在曹操的胸部。曹操没有任何反应，仍是一剑一人地杀向后院。提剑的曹操，见后院内吕伯奢的四个儿子正在捆猪，心中猛地一顿，继而挥剑砍去。又是四剑之后，曹操觉得自己的身体突然软了下来，遂挂剑在地，闭目不语。良久，忽拔剑挺直，对天长笑，"宁负天下人，不让一人负我！"笑毕，一剑砍断马缰，手抓马鬃，跃身而上。

手提酒葫芦，疾步而来的吕伯奢，听到重重的马蹄声，猛一抬头，见是曹操，心中突的一凉。此时，高坐在马上的曹操已到了眼前。仰头见曹操一身血红，吕伯奢全然明白："你！"

曹操坐在马上，长叹一声："我！"

"把剑给我！"吕伯奢抬手把酒葫芦扔给了曹操。同时，也接到了曹操扔过来的长剑。

"国可无我吕伯奢一家，不可无你！念你一心报国，为不辱你日后尊名，我去也！"话毕，剑抬头落，身体直立不倒。

吕伯奢的这一幕，永远刻在了曹操的心中，几十年不但没有淡去，却越来越清晰与生动。

曹操离乡的前一天，十八间青砖高廊的吕公祠矗于吕庄。

曹丕代曹操祭奠后，回见父亲曹操，仍是不解："父王，缘何要让一件鬼神无知的事，来污我曹氏万代名声！"

曹操长吁："不负人者易，不负己则难！"言毕，良久无语，两行清泪顺颊而下。

这一年，曹操六十五岁，第二年春正月便离开了人世。

神 针 李

嘉庆年间，药都曾有一任知府——李廷仪。李知府生得眉清目秀，本是当朝榜眼，但因吏部关节未通，只放了个知府。

好在他是个心胸豁达之人，终也走马上任了。

到任不久，他便一身青衣独出衙门，被这古城闹市所迷恋。

走着，走着，忽见街旁一白眉寸余白须过胸的老者正给一妙龄女子看病。举目望去，只见老者头上悬一迎风飘舞的布旗。上书：专治未病之人，神针李。

李廷仪弯腰蹲下，"无病何须治，庸医自扰之。"说罢，折扇轻摇。

"世上无无病之人，病之显者有先后尔。"老者瞑目自语。

"先生，我病在何处？"李廷仪一脸的讥诮。

老者白眉微挑，审视片刻后又瞑目自语："观你病在满字。"

任李廷仪再三追问，老者仍不再言语。

话说，三年之后，李廷仪李知府突患怪病：肚鼓如牛，叫春猫一般地苦叫不止。遍请百里名医，均摇头而退。李廷仪忽然记起三年前老者所言，便立令去寻。

李廷仪又号了三天三夜后，老者终至。

"三年前，我观你双目曲光，必定性贪，故断你病在满字。今日验否？"

在李廷仪家人和衙门上下的哀求下，老者让其侧卧后，忽从空竹杖中取出一枚两尺半长的银针。

"如此之针，拿你的命来。"说话间，银针穿肚而过。只听李廷仪一声厉叫，肚里的脏水哇地喷将出来。

在众人的惊诧之中，老者悄然而去。

说来也怪，老者离去后，李廷仪所喷洒之青石地面，长出一块块银元状的圆圈。

李廷仪病愈后，就命人扒出带圆圈的青石，在背面刻上"戒满"二字，立于州府门前。

李廷仪后因清正廉洁而官至正二品，那是后话。

知情人说，这满字碑现仍存于药都博物馆之中。

千 金 虎

千金虎不是虎，乃乾隆年间药都一写字高手——杨时轮的别称。

杨时轮少年聪颖，读书作画样样让私塾里的老先生吃惊。但他却无意于功名，只热衷于练字和拉弦子。

这字练得如何没人见过，只传说，他写的字白天会动，夜里放光。这弦子——药都人把二胡称作弦子，拉得倒堪称一绝。话说有一年的除夕晚上，全城男的女的老的少的纷纷向南门聚去。

都说南门唱大戏了：锣鼓弦子一个劲儿地响，黑头、小生、红脸、花旦一个劲儿地唱。

可药都人赶到南门全都惊了，哪有什么戏，只有杨时轮挟一把二胡从城墙上下来。这一把二胡满台戏的景儿，使药都人对杨时轮多了几分佩服。但谁也很少能跟他攀上话，一则他时常四处出游，二则他整日间闲云野鹤般深居简出。

云儿没有根，鸟儿喜丛林。

这一天，杨时轮和书童云游至苏州寒山寺。只见寺门口有一老妈妈不停地向人哀求，原来她要把眼前这个眉眼儿俊秀的小姑娘卖了。

杨时轮一问才知，原是一个恶霸逼死了她的男人，又要把十两银子的债滚成五百两，三天不还拿她女儿抵债，"把闺女卖了，也不能把她往这个老色鬼的火坑里推。"老妇人一把鼻涕一把泪地诉说着。

"老人家，不必伤心，跟我到码头边的船上，我送你五百两银子。"

杨时轮话刚出口，书童便小声提醒："老爷，咱统共才剩二百两，只够回家的盘缠。"

"这样吧，老人家，明天还是这个地点，还是这个时辰等我。"说罢大步向寺内走去。

晚上回船，杨时轮磨墨摊纸挥笔写下一斗大的"虎"字。

"明儿一早，你把这个字拿到当铺，当银要一千，当期写一年。"杨时轮拎起二胡向船头走去。

第二天一早，书童拿了这个"虎"字一连跑了十家当铺，没有一家肯接当。在人们的指点下，他来到苏州最有名的当铺——盛泰昌当铺。字画柜伙计看了看字，问当银多少，书童伸出一个指头。

"一两？"

"太少！"

"十两？"

"太少！"

"百两？"

"还太少！"

"这字能当一千两？"字画柜伙计站了起来。

正在这时从里屋走出一个五十多岁的账房先生。接过字一看，不禁一惊，连忙戴上老花眼镜摇头晃脑地半天不语。

"这个虎字也算写到家了，但不足之处是这只'虎'，脚跟不稳。当银九百九十九两如何？"

虽差一两银子，书童没敢做主，便收起字向杨时轮禀告。

杨时轮一听，失声叫道："是个识家。"

遂向船家借张八仙桌放在岸上，垫平四角，饱蘸大笔，临风又书一"虎"。

一年之后，杨时轮带千金来赎字。只是"盛泰昌"已不见了，据说是失了大火，烧了库房。杨时轮仍不死心，经过二九一十八天苦找，终在一旧书摊前找到账房先生。

账房先生一口咬定，字在大火中烧掉了。杨时轮无奈而归。

三年之后，杨时轮在药都自家门前突然看到那"虎"字的赝品。自此，便封了笔。

杨时轮没给药都留下一字，只留下"千金虎"的美传。

段 老 谋

晚清年间，药都出了个名角——段老谋。全城男女老少谁见了他都会喊一声："谋爷！"

谋爷整日间青衣小帽，清清癯癯，慈眉善眼，也无啥惊人之处。但他绝对是药都最受人尊敬的市面人物。

"没有谋爷摆不平的事。"连州官李宗山都这样说。

有这么一个傍晚，药都北门口两个卖零工的年轻人因一天无活，饥饿难忍。正发愁时，忽见谋爷从白布大街摇摇晃晃地走来。两个年轻人互递了个眼色，便一替一捶地打开了。

谋爷抬眼见两人打了起来，老远便喊："别打别打，没有解不开的疙瘩，说说为了啥？"

一个说他借我两吊钱不还。一个说都三天揭不开锅了，上哪儿给你屌钱。

谋爷一听，手一挥说："这两吊钱我还，别再动手动脚了。"可谋爷伸手一摸，自己偏忘了带钱。遂吆喝街东的"郑大祥"布庄郑掌柜："郑掌柜，转两吊钱，明儿还你！"

郑掌柜正在给客人扯布，忙说："谋爷说了，还提啥还字。"等他拿钱出来，晚了！街西的"裕太昌"布店的裕老板已将钱双手递给了谋爷。

谋爷刚走，这下可热闹了。"郑大祥"的郑掌柜大骂起来："裕老板你可是人？谋爷指名要我拿钱，你凑啥热闹？"

裕老板不气不恼，抱拳相告："今儿个我一句不还，为谋爷挨骂，值！"

这就是谋爷。

到了光绪十一年，老佛爷慈禧跟英国人订了一个条约：准许英国人在中国传教。

人杰地灵，凤凰落地的药都自然也被英国人看重。英人陆克斯怀揣朝廷圣旨，抚台、知府相陪，来药都溜达了三天，最后宣布：就在北门涡河南岸建教堂。

谋爷自然不吃这道菜。"有我谋爷在，休想建教堂！"一句话出口，教堂白天盖，晚上倒，七七四十九天竟没有垒起一道墙。知府李宗山迫于陆克斯的淫威，只得上书朝廷，要以"煽动闹事，违抗圣旨"办谋爷。

一道圣旨传下，老佛爷慈禧要人押段老谋进京。

话说药都籍官拜热河督统制昭武上将军姜桂题，听说老佛爷传段老谋进京，早早便在京城火车站把谋爷迎进家中。

姜大帅三天前通过大太监李莲英给老佛爷吹了风。慈禧传出话来：他只要认个错，可不斩。

过了午门，进入宫中，养心殿内老佛爷垂帘讯问。

"为何抗我旨意？"

"小民不敢。"

"那，为啥陆克斯的教堂在你那药都竟盖不成？"

"人保一方，狗护三家。洋人仗着枪炮占我大清土，害我大清民，我没能耐保全整个大清，但我拼死也要保住药都。只要我段老谋在一天，洋人就盖不成教堂！"

慈禧沉吟半天，发下一道圣旨：药都只要段老谋在，洋人谁也不准盖教堂。

谋爷反洋教在全国出了名，却有一人不服。谁？山东济宁府的好汉孙三爷。

孙三爷是济宁府玉堂斋的大掌柜。祖辈为官，家藏万贯，为人豪侠，也是个响当当的人物。在济宁府一听说段老谋在药都有这般名气，很是不服：去药都舍钱放粮，压他的威风。

这一年夏天，孙三爷驾两匹大马拉三箱银子，直奔药都而来。刚进药都地界，忽从高粱地里跳出十名执大刀的壮汉。

"车到我地，路是我开，把钱留下！"

孙三爷是见过大世面的人，知道只有舍钱消灾。

钱柜卸下之后，其中一位壮汉见孙三爷一身杭绸闪闪发光，便让其脱下。

孙三爷无奈，只得说："钱，你们留下。衣服给我留着，我还要去城里访谋爷。"

此话一出，十条壮汉呼啦一声齐刷刷跪下："小人有眼不识泰山！"

孙三爷愣了片刻，忙一一扶起。

"既是谋爷的朋友，我们太冒犯了。"说话间，三箱白银又满上了车。

孙三爷哈哈一笑："过分了，我带钱来药都就是舍钱放粮的，弟兄们急用就把车赶走吧！"

话没说完，壮汉们却没了踪影。

孙三爷自叹道："钱再多也是买不来威风的，和谋爷比我是不行的。"

于是，调头回济宁府而去。

花 脸 汪

　　清末民初，药都泥塑享誉九州。但专营泥塑的铺子和艺人并不多，只有西河滩老花市街的福顺祥和老城内砚湾池街的鉴如号。

　　福顺祥是个大铺面，刘三友一家十多人均个个能捏能塑，且式样也多。有梁祝、牛郎织女、青白蛇、悟空八戒、胖娃娃、老虎、对狮、摇猴、鸣鸡、金鱼、青蛙、秋蝉、桃、柿、橘、梨，也有关公骑马、刘孩骑牛、武松打虎、麒麟送子、春江花月夜，上百种之多，个个造型夸张传神，笔法简练流畅，黑红绿白黄紫蓝，色彩鲜艳火爆。既是孩子们的玩具又是居家的摆设，生意兴隆。

　　而在砚湾池街的鉴如号就不一样了，这是个小门面，只是在沿街开了个单门，门头前挂着一个小招呼牌"鉴如号"。这里只有汪鉴如一个老头儿，慢条斯理地捏呀画呀，也只卖脸谱种。因他卖的脸谱是花的，不知从啥时起，药都人就都知道花脸汪，时间一长，脸谱也叫花脸汪，鉴如号也被称作花脸汪，汪鉴如自然更是花脸汪了。

　　花脸汪何时塑脸谱的没人找得清，但人们知道花脸汪时，他已经五十岁不能少了。花脸汪原是药都八大家老汪家的一支，年轻时以善诗工画而名于药都城，据说现在药都汤王陵内，"桑林桐宫古帝都，迹灭千年石空在"一联为他所留，对其画也是传说，都传其画人如生。那时候，这等才俊自然要取功名的，可他自十四岁参加童生会考连夺三场头名后，就没去参加乡试。

　　知情人说，这都是药都名将姜桂题把京戏引入药都惹的祸，汪鉴如第一次看京戏就迷上了。从此，每有戏演出，他都必去听，为此他的父亲把他一条腿都打折了，把他从家里赶了出来，断了父子之亲。这也许是传说，但花脸汪左腿一走一拐却是事实。人一出名，关于他的传闻就多，古而有之。可能是花脸汪的脸谱太神，为药都人所爱，才有人编出一些传言。药都人虽然都这样传，并没有人信以为真，多数人不愿意这些事发生在花脸汪身上。这都是他的脸谱太招人爱使然。

花脸汪的泥塑脸谱用泥最为讲究，每年大暑他都要亲自出城，到城东八十里乾溪章华台下去采胶泥。这章华台原是楚国宫殿，"楚王爱细腰，宫女多饿死"之地，其泥摸之粘手，色紫红，质地匀细洁净，不含丝毫沙性，以水和成坯料柔软而具韧性，干而不裂，弯而不断。就是这等胶泥，花脸汪也还要在其中掺入适量棉絮、绢丝，所谓适量就是多一丝不行少一絮也不行那种境界。和泥时喷上滚开的河水，多一口少一口也不行，然后，先用木槌捣，木锤砸，木板拍，这样和出的泥只叫一遍泥；接着要醒泥，醒到时辰了，再如上捣、砸、拍，这叫二遍泥；直到六遍泥，才能使用。泥和好了，花脸汪就按着心里的人面形象，塑、捏、刻、雕、修、刮、磨十二道工序，塑成泥坯。然后，经阴干，烘烤至透干后，接下来才是按戏里的脸谱，一笔一画地彩绘。

花脸汪的脸谱主要绝技在于彩绘。他的彩绘，以红为忠勇，黑为正直，黄为残暴，白为奸佞，绿为恶野，蓝为草莽，金银为神怪。在脸的图案上，或表现戏中人的传说，如钟馗嫁妹引福入堂的蝙蝠，李元霸系雷神下界的雷槌；或描绘戏中人面部的特征，如曹操的面痣，关羽的凤眼；或绘戏中人善使的兵器，李逵的板斧，窦尔墩的双钩，孟良的红葫芦，典韦的戟形；或以象征显示戏中人的特别，姜维谙天文额绘太极图，李克用身为番王额绘黄龙；有时寥寥几笔就绘出了戏中人的命运，如周仓的血额，夏侯淳的泪痕……每一脸谱，无不尽显戏中人的命运悲欢。

其用色均按"三型七彩"之法，红黑两色以漆勾绘，而黄、白、绿、蓝、水红各色则用颜料。漆色明亮，可令基色突出，并与它色生出明暗，从而使一张泥脸如生人一般，喜、笑、怒、骂、悲、乐、苦、恨，呼之欲出。

花脸汪的脸谱这般精细，加之年迈，自然数量极少。有买者多要提前半年交上定钱，到了后来，有时提前一年交上定钱也不能如期取货。但价钱并不高，只有能哼上两句京戏者，他才肯答应给做。用花脸汪的话说，这一叫货卖识家，二则他只是挣口活命的饭钱。这样一来，药都人对他就另有一番敬重，许多人都喜欢到他那间"鉴如号"门前看他。但花脸汪言语金贵，并不跟人们多说几句话，到了后来，药都人竟以跟花脸汪说上话为荣。自然，花脸汪就像谜中的神一样，让药都人猜着，敬着。

这一年的冬天，药都奇冷，连狗都蜷在屋子里懒得出来，出来了也懒得叫一声。七十二岁的花脸汪交出最后一个脸谱，就把"鉴如号"的招牌摘了下来。入了腊月，花脸汪的那间房门仍紧闭着，街坊就有一种不祥的想法，孤单单一个老人，总不会老吧。上午，十多个人就商量着把门给打开了。汪花脸的屋子进深大，里边还有一个套间，门上挂着一幅蓝底白花的帘子。有人掀开帘子一望，大吃了一惊：花脸汪和衣躺在床上，臂弯里却睡着一个年轻的女子。

只见这女子，长颈乌发，懿静清秀，红绫披肩绕肘下垂，圆胸之上飘飘欲动，下身白纱系结于脐，细腰丰臀，平腹玉腿，白纱盖过端严柔弱，风情万类……前面的这人急放帘退出。屋内死静了一个时辰，见内仍无动静，外面的人才断定两人已死。于是，众人一道，持烛而进。烛火之下，方见花脸汪早已死去，臂弯内的年轻女人乃为彩塑。有上了年岁的人看后，说这女子就是第一次来药都的京戏班子里的戏子——青衣玉兰花。

之后，药都一些大户人家都没有了花脸汪的彩绘脸谱。时至今日，知道花脸汪的人竟少之又少。

这就是余记下花脸汪的缘由。

曹 丕

　　曹丕出生的那一天，十三只大雁盘旋鸣叫于谯东精舍上空。隆冬时节有此吉兆，曹操甚喜。

　　生于军旅之间的曹丕，自幼娴习弓马，诸子百家也多有阅览。曹操因此把他与其弟曹植看作是最有出息的儿子。

　　这年春天，回药都祭祖的曹操就是带着曹丕和曹植而来的。药都的春天别有风致，清绿的涡水像温柔的处子静静地躺在河床上，风儿吹起，她才和着两岸泡桐树上紫白相间的喇叭花香、四处怒放的芍药花香，涓涓流淌。在药都城南郊的祖茔祭扫之后，便策马向北，沿涡河游观。曹操诗性大发，令曹丕和曹植每人写一首临涡之赋。

　　一会儿，曹丕来到曹植面前，索看其赋。只扫一眼，便惊讶道："怎么不谋而合！"曹植大惊。曹丕便说："我拿给你看。"不一会儿，便从侍从手中拿来。曹植一见，"荫高树兮临曲涡，微风起兮水增波；鱼颉颃兮鸟逶迤，雌雄鸣兮声相和；萍藻生兮散荆柯，春水繁兮发丹华——"墨迹犹湿，豁然而言，"既是一样，我的就不呈父亲了。"于是，曹丕扬鞭打马，追到向东而去的曹操。曹操一看，眉飞色舞，"果不辱曹氏门第！"

　　其实，曹丕也是绝顶聪明的。建安七年，曹操与袁绍相持官渡之后，曹操驻军家乡药都城募兵储势。但此时的曹氏，可谓兵少将寡，难以威慑袁绍。曹丕便对其父曹操说，"实则虚，虚则实。可令城中驻军以城中心为起点，从城下把东西南北四门挖通。"曹操开始不解。但他相信曹丕，就令其督挖。延时一年又三月，纵横交错相通，隐攻息屯自如的隐兵道挖就。曹丕就把数量不多的士兵，从暗道悄悄地送出城外，再从城外进入隐兵道开进城内，反复如是，迷惑世人，出奇而胜。自此，曹操神兵百万之说遍传天下，所遇敌手无不未战先怯。

曹丕一生，对故乡药都甚是留连。多次借出兵回朝之际而停。曾从药都出水师东征孙权，在乡之间于他的故宅前大飨门军及药都父老。现仍有"大飨元碑"为证。

黄初六年五月曹丕再次回药都，从涡河乘船东征，八月返师又经药都。此时的曹丕虽为皇帝，但依然诗不离口。这年深秋，他独自夜访药都乡闾。见一妇女独对孤月，自守空房，思念从军在外的丈夫。曹丕接住农妇递来的蒲团，坐了下来。听着听着，不觉泪下湿衣。与农妇分别后的曹丕，行走在月光斑驳的乡路上，口吟《燕歌行》："明月皎皎照我床，星汉西流夜未央；牵牛织女遥相望……"到了住处，仍吟咏不止。这一年，从秋到冬，他每每生出农女们思夫怀人的感伤，有时竟深夜独自流泪以至天亮。

第二年正月，他决定离药都去许昌，脱去一秋一冬的伤感。然而，启程的前一天，忽报许昌城南门无故自崩。曹丕便长叹一声："天下征伐苦矣，以至农女城门！"

当年五月，史书便记下了，"黄初七年五月，文帝驾崩，简葬于首阳陵。"

郾 少 爷

光绪年间，郾家在药都是数得上的几个富家之一。郾大掌柜以做口外药材而暴富，但娶了四房，却只生下郾少爷一个男孩。郾少爷自然就成了郾家十几口人的心头肉。

这样一来，酆少爷就活得精细。吃穿住行，无所不精其极。但酆少爷并非像城内其他家公子哥，不学诗书，飞扬跋扈。他不仅读书刻苦，而且对下人极其宽容。他对书僮曾瑞最为平易，两人兄弟般地处着。曾瑞十六岁那年，酆少爷突然对他说："你伴我这些年了，总不能老跟着我，这些银子你拿着，去学个手艺吧。"曾瑞流着泪离开了酆家大院。

曾瑞离开酆家后，就随着表哥去京城学厨师了。要做一个手艺精到的厨子却不易，有人做了一辈子都做不出一道精菜来。可曾瑞不是笨人，进京城第五年就被一家王爷选中了。这家王爷最爱吃鱼，可做鱼正是曾瑞的绝活。曾瑞能做的鱼有干蒸鱼、豆瓣鲜鱼、酥小鲫鱼、白蹦鱼丁、独鱼腐、醋椒鱼、锅塌鱼、五柳活鱼、挣蹦鲤鱼、软熘鱼扇、鲤鱼全席、抓炒鱼、干辣鱼片、红梅鱼肚、八卦鱼肚、清蒸白鱼、生拦鲤鱼、清炖煎花鱼、荔枝鱼、拆烩鲢鱼头、双皮刀鱼、鱼丸、鱼羹、鱼粥、羊方藏鱼、三丝敲鱼……七十二道。有这般手艺，自然过得很好。进京城第十年，与这家王爷的一个丫环成了亲，生了子，其乐也融融。

一晃间，四十多年过去了。人都说叶落要归根，药都人乡土观念更浓。这年腊月，曾瑞带着家人回到了药都城。让曾瑞万万没想到的是，此时的药都城已非七年前他回来时的模样，房屋倒塌，城门被烧，城内血腥飘忽。原来土匪孙殿英十二月打进城里，放火抢劫杀人逼钱十八个昼夜。城内富商几乎全被洗掠一空，家人被杀自杀所剩无几。曾瑞首先去大有街酆家大院找到酆少爷。此时的酆家大院只有六间完整的房子，酆少爷正一人坐在天井的红木椅上。酆家十四人被杀和自杀的只剩酆少爷一人了。

曾瑞在北关永和街买了一处房子，安顿下来后，就着手准备，他要亲自为酆少爷做两道好菜，一是为他压惊，再是表达藏在心中四十多年的情分。他要为酆少爷做两道从宫中传出的"扒羊肉"和"八仙锅"。

这天，天还没亮，曾瑞夫妇就忙了起来。他做的第一道菜是"扒羊肉"：先将整块羊肉洗净放入锅中，加水、葱段、姜片、花椒，小火慢炖，将汤耗尽后再加入酒和酱油，炖至汁尽肉熟；然后把炖好的肉出锅，切成一指厚的小条，一片一片整齐地放入大碗里，再将酱油、葱花、姜末、花椒、白糖、酒和少量鸡汤兑成的汁均匀地洒在肉条上，上笼蒸至肉酥烂为止；出笼时滴入麻油而成。

第二道菜"八仙锅"更为讲究：把土鸡宰杀后，去毛、内脏，洗净，放入大锅中，加水、盐、花椒、菱角、黄酒等炖两个时辰；鸭子宰杀去毛、去内脏，洗净，加水、葱、菱角蒸三个时辰直到烂熟；海参每条切四块，鱼翅收拾干净，火腿切成半指粗、四指长的条，鸽子蛋煮熟后剥去壳，白菜切成三指见宽的块；锅中倒入猪油，油热之后倒入海米、葱、鲜姜末、白菜块，用鸡汤煮，到烂熟时方才出锅；然后把白菜放入八仙锅锅底，鸽子蛋放在后面，海参条放在前面，两边放上火腿和鱼翅，中间摆站鸭子，旁边放鸡，倒入鸡汤，将锅上蒸笼，蒸上一个时辰，这道菜方可上桌。

曾瑞把两道菜端到桌上，再加两盘什锦素果，正好两荤两素，四菜一汤。酆少爷坐在椅上，端起一杯玉泉春呷了一小口，并不动筷。曾瑞夫妇请他品尝扒羊肉，他却挟了一片荔枝，请他尝八仙锅，他却挟了一片苹果。一顿饭酆少爷只吃了几片苹果，喝了三杯酒。曾瑞夫妇不便再劝，只好作罢。酒菜撤下，曾瑞不解地问，"老爷，我知道你心情不好，可您也得尝尝呀！"酆少爷摇头不语。曾瑞再问，酆少爷只得作答，"我是闻不得菜中的烟味，你这两道菜不是用炭火做的！""啊！"曾瑞惊叫了一声，"老爷还是活得这般精细呀！"酆少爷笑笑，"人呀，粗活百岁又有何用！"

酆少爷回到酆家大院后，便不再进食。第六天，他告诉曾瑞：西厢房东北角地砖下埋有白银四万两。第七天夜里，酆少爷便微眯着眼，死去。

曹 冲

七岁的曹冲依然如故,虽面色微红,但还是常染伤寒,身子就总是单薄轻飘。

这一日,曹冲用刀子一下一下地把衣服刺破,被刺的上衣像老鼠咬啃过的一样。之后,他单薄的身子随风一动一动地飘到父亲曹操的帐内。曹操已有几天没见过自己这个最心爱的儿子了,虽说自己不怎么喜欢环夫人,可对曹冲却别有一番疼爱,就放下手中的书卷,起身问道:"仓舒儿,为何愁眉苦脸?快把不顺心的事告诉为父!"

曹冲忙走上前去:"父亲,我在家乡药都时曾听说过,老鼠咬衣服,主人大不吉。昨晚我的裤子被老鼠咬了,是不是不吉利的事就要来了?"

一向不信鬼神的曹操,用手抚着曹冲的头发,哈哈大笑,"此乃民间无稽之谈,我儿不要相信。"说罢,即命人拿围棋来。与儿子曹冲下棋是曹操最近一年多来的快事,因为他也开始输给曹冲了。

棋到中局,曹操正为一子而踌躇,老库官慌慌张张跑来。刚到门外,就扑通一声跪在地上,战战兢兢地对曹操说:"大王,小人罪该万死,一时马虎,你的马鞍被老鼠咬了!"曹操脸色一寒,正要发作,却见儿子曹冲正望着他,微作一停,突然笑了,"公子的衣服穿在身上都被老鼠咬了,何况马鞍挂在柱子上呢!下次小心便是了。"老库官连叩三头,弓腰退着出了屋门。这在平时,可是要处以死罪的呀。

老库官退出后,曹操起身对曹冲说:"今儿,为父认输。"站立着的曹操,双目盯着曹冲,一动不动,偌大的军帐内空气立刻凝固了。一刻千年,曹操突然转身快步到了书案前,挥笔疾书。当曹操把"聪慧仁爱"四字递给曹冲时，他的眼、眉、口、发以及全身都是笑着的。这一刻，曹操一定是想到了曹冲称象的事儿，也一定动了将来立曹冲为太子的念头。

随着日月的增长，曹冲的身体显得越来越弱了。这年秋天，十三岁的曹冲又一次染了伤寒，这一年他几乎就没有好过几天。病重的曹冲面色更红，呼气更轻，身子像是被药水腌过的一样，散发出的竟是酽酽的草药味儿。曹操焦急不安，悔不该杀了华佗。此病要是华佗还在，冲儿定不会受此折磨。这些天，一见曹冲，曹操就会突然想起另一个儿子曹丕，想起那次华佗提出为他开颅治病时，曹丕要他杀华佗的情形。

曹冲终于还是走了，平平静静地握着曹操的手，两眼微笑着走的。曹操竟也一病不起，一直到第二年春天，才略有恢复。这时，来他身边最多的儿子就是曹丕了。

这一日，曹操与曹丕下棋。几乎是半天时间，曹操才赢了曹丕。曹丕就要离开军帐时，曹操忽然长叹："冲儿的死，是我的不幸，却是你的大幸啊！"

此话一出，曹丕扑通跪在了地上。

短　李

药都人一直称李绅为短李，是因为李绅生得短小精悍，叫起外号来更有一种偏爱之情。短李生于药都，其曾祖父李敬玄唐高宗时为中书令。短李自幼学习刻苦，其诗以咏时事而名，其画以表当下农人之苦而受世人之誉，一个富家子弟能念想着农人之苦实属不易，不俗。

短李二十五岁从药都出发西游长安。以他家世家资本可做公子哥一派，但他却以卖画为资。这一日，到了长安"一壶春"茶楼前，他展开一画，上有一丛牡丹，灿如蜀锦表里若生。刚一展开，就听一人吟诗不止，"……一丛深色花，十户中人赋。"原来吟诗之人正是大诗人白居易。短李站起，白居易自我介绍后又把身边站着的元稹介绍给他。白居易收起画后，同元稹两人拥着短李迈进了"一壶春"茶楼。自此，三人结为挚友，常在长安的酒楼茶肆谈诗论文不止，开中国文坛新乐府诗一派。

短李到长安第三年，二十七岁时与药都李氏旁族李逢吉一起擢进士第，从此步入仕途。一晃四十年过去了，第四十一年的夏天，短李终于有机会回到阔别已久的药都。十天之后浙东节度使李逢吉回朝奏事也回到药都。二人同为药都李氏同为一科进士，久别重逢，短李便盛情招待。酒毕短李携李逢吉登上药都城东曹操留下的东观稼台。二人临风怀古心潮起伏，李逢吉感慨自己仕途不顺，遂吟："何得千里朝野路，累年迁任如登台"。短李听罢长时间无语，此时他的心境与李逢吉正好相反。

面对观稼台下挥汗如雨锄禾的农人，短李不禁吟道："锄禾日当午，汗滴禾下土。谁知盘中餐，粒粒皆辛苦。"李逢吉听罢，连声叫绝："好，好！好诗！一粥一饭当思来之不易！"短李仰天长叹一口气，接着又吟道："春种一粒粟，秋收万颗籽，四海无闲田，农夫犹饿死！"李逢吉先是一愣，继而赞道："贤弟所诗切中时弊，入木三分，难得，难得啊！"二人回到短李书房，李逢吉端起盖碗茶："贤弟能否将刚才二诗书赠与我，也不枉同游一场。"短李不以为然："区区小诗，三四十字，为兄听过自然记得，何必抄录。"此时，李逢吉已把绢纸伸开，短李看着他笑了一笑，也就提笔蘸墨写将起来。两首录完，短李一时性起，沉吟片刻又挥笔写下："垄上扶犁儿，手种腹长饥。窗下织梭女，手织身无衣。"李逢吉见诗心中暗喜，如获至宝地收将起来。第二天便笑辞短李启程赴京。

李逢吉到了京城，就把短李之诗呈与皇上，并告短李在药都写反诗，辱骂圣朝。皇上读罢三诗遂宣短李星夜进京。短李到了京城，皇上拿出绢纸交给跪在下面的短李，问道："这是你写的吗！"短李接过绢纸，叩头回话："这是微臣回乡时见民生疾苦，即情写下的，望陛下明察！"皇上让短李仰起面来，两眼瞅着短李足有半个时辰："久居高堂忘却民情，朕之过也，亏卿提醒。朕封你尚书右仆射，以便共商朝事，治国安民！"短李愣了也有半时辰才敢叩头谢封。退朝之时，皇上又道："多亏李逢吉举荐啊。"短李为表对李逢吉之感激，亲自登门向李逢吉致谢。可刚到李府门前，就见李逢吉被官军押着，大门也被盖了黄印的封条封了。

短李因祸得福李逢吉因谗获罪，这是药都人按自己的想法传下来的美好愿望而已。其实，史料所记短李从此获罪，被赦贬回药都。短李回药都后不能再作诗，只好终日画牡丹打发日子。要不然，现在药都李氏后人哪能存下短李的真迹牡丹三幅呢。

瞎　虎

　　瞎虎开始的名字叫魁明，一生下来是女相，男长妇相，洪福无量。穷了不知多少辈子的老张家，把一升谷子送到钱楼的私塾里，才得了这个充满希望的大号——魁明。

　　这个眼睛大大的魁明，五岁生日的那天早晨突然间什么都看不见了，成为一个睁眼的瞽人。儿毕竟是娘身上掉下的肉，爹在娘的嘟囔下给魁明买了一根箫、一只笛、一把二胡，让儿子寻点快乐。魁明知自己是个瞎子，老师一点就记在心里，天天到村东头龙湾河套去拉去吹。村人并不在意，一个瞎子能闹出啥动静。十多年过去了，村人也不再叫他魁明了，而是叫他瞎虎。他虽是瞽人，但以耳代目，悟性特高。终有一天，他对父亲说我不吃闲饭了，要到外面谋生。父亲说一个看不见路的人在家待着吧。瞎虎却说他每每吹箫、吹笛、拉二胡之时能觉着头顶上有鸟儿在飞。母亲便笑着摸一下儿子的脸。

这年一人秋，瞎虎正在家中，忽听母亲叫他快跑，说是日本兵向这边来了。瞎虎说我到龙湾河套去躲躲吧。说着拎起他那根已磨明的箫向龙湾走去。不一会儿，日本兵到了村前。这时，马蹄声从龙湾河边隐约而来，继而声音由小渐大，杂沓相陈。忽闻号角嘹亮，马蹄声壮，其间夹杂着引颈长鸣的马嘶声和男人的吆喝声。日军急向河边扑来，到了水清见底的龙湾河岸，眼前只有一吹箫的瞎子，立时围了上来。这时，瞎虎光头一甩，箫声陡变：一时间百鸟鸣叫起来，日军队伍死了一般。继而日本兵中，有人仰头向上瞅从远处飞来的群鸟，有人用手捕抓眼前的彩蝶。不知过了多少时间，日本兵才如梦初醒，叽哩哇啦地向北边而去。日本兵去了之后，村人才向龙湾河这边拥来。人们不禁齐声呼喊：

魁明——魁明——

兵荒马乱的年头，人都没有了往日的结实。三年后，魁明的父母便相继过世。魁明肩挎二胡，怀揣一箫一笛，离开了他相依相伴十七年的龙湾河。常言道，瞎子脚下路短。这一天，瞎虎终于涉河过江地到了苏外城外的一个村庄。由于头痛难忍，他便央求村人能否找个暖和的地方住上一夜。但人们都怕一个瞎子别有什么不素净，就推脱没地方。瞎虎长叹一声向村外走去。到村外一里多远的一块石头上坐了一会儿后，他倍感凄凉，就掏出怀中的长笛，吹起了《哭亲娘》一曲。笛声一响，送葬的情景就立即出现：有悲从中来女儿的号叫，有痛从心生儿子的抽泣，有出于应酬的远亲的假哭，有送葬乐队不喜不悲的敷衍之声，也有请人节哀的劝告呢喃……

这边村子里的人一时傻了，哪家这时辰发丧？一曲过后，瞎虎觉得不应这般悲伤，就换了一曲《南阳关》。丹田气一出，锣鼓弦子就响了起来，开戏锣鼓响了之后，黑头、小生、红脸、花旦渐次出场，唱、念、对、白接连不断，一台戏有条不紊地唱开了。这时，村里的人不约而同地向这边拥来……第二天，瞎虎离村没有多久，就有一个脆脆的甜音叫了起来。年方二八的江南姑娘——红儿便与瞎虎结伴而行了。

瞎虎与红儿回到药都后，在乡下买了一个院子，专门为乡人的红白喜事吹吹箫笛，生活倒也快活了几年。但这一年的腊月，药都城内的一个官儿家，请他们年初一到家里吹箫助兴。除夕那天早上，四个扛大枪的人就来到了瞎虎的门口，无奈之中，瞎虎和大着肚子的红儿到了药都城。大年初一早上，瞎虎拉起了二胡，拉到高潮处一弦断绝，但他并没有中断演奏，直至终曲，一如从前。

但从此以后，药都人再没有见到瞎虎和红儿，更不用说听瞎虎吹箫弄笛拉二胡了。

曹　植

曹植是曹操的四儿子，天资聪颖，十岁便能诵读诗论及辞赋数十万言，尤好乐府，俳优小说亦能过目熟记。谢灵运曾称"天下才共一石，曹子建独得八斗"，此为后话。但，即使到了二十岁，其父曹操仍怀疑这个儿子"话出即论、笔出则文"这般才学的真伪。

建安十七年，铜雀台新成，曹操携曹丕、曹植登台，要其以登台为赋。曹操此话刚毕，曹植张口即出：建高殿之嵯峨兮，浮双阙乎太清；立冲天之华观兮，连飞阁乎西城；扬仁化于内兮，尽肃恭于上京——曹操大为惊奇，遂向东大笑："建安文事兴矣！"

曹植雅性节俭，为人随和，出行一无仪仗随从二无华服新车。这一点与曹操契合，于是，就备受宠爱。曹操东征孙权，使曹植留守邺城，临行前召曹植到帐内说："我作顿丘令时也是二十三岁，回想当年的作为，今无可悔恨；现你也正二十三岁，更要努力，唯此，日后方能定大事矣！"

自古以来文人都有文人的毛病，任性而行、饮酒不节。建安二十二年，曹植乘曹操出行，与其弟曹彪饮酒大醉。酒后曹植要与曹彪出宫猎狩，命公车令开司马门。公车令下跪祈求："公子，司马门乃宫门，不能擅开呀！门外驰道乃皇帝的车马御道，请改行他门！"曹植酒意正浓，拔剑大吼："吾剑认不得宫门俗门的！"

于是，闯开司马门，乘车行驰道中，直至金门。曹操回还，大怒，立杀主管宫门的公车令及兵卒三十六人。之后，令人把曹植传来。曹操望了一眼跪着的曹植，转身出门，在帐外踱了一个时辰，回到帐内，威声问道："汝饱读史书，不知宫禁吗？"曹植低声回道："父王，曹氏没有走宫门的时候吗？我只是先走了一步而矣！""你，你愧对为父，难成大事矣！""我，我？"曹植一脸不解。"你先走一步，吾曹氏就要晚走十年啊！"说罢，曹操拂袖而去。

建安二十四年，关羽围曹仁于樊，汉水暴涨，于樊七军大败。曹操命曹植为南中郎将，行征虏将军，往救曹仁。临行时，曹操派人去召曹植，要有所训诫。可曹植正与其兄曹丕饮酒大醉，终未受命。曹操只好悔而罢之。

曹操病死，曹丕受禅。从此，曹植再没有了吟风弄月、斗鸡走马、饮宴猎射的好日子。有的是，一次次地被削官爵与复爵远迁。建安四年五月，曹植受曹丕之命，与各路藩王会聚京都。就是在这次曹氏弟兄的相会上，曹彰死于非命。七月，曹植本想与其弟曹彪同路东归，监国使者不许，曹植愤而作《赠白马王彪》诗七首。生离死别之悲溢于言表，心灰意冷之意生于骨髓。

曹植毕竟是曹植，本性难移。曹丕之子曹叡即位后，疏骨肉而任异姓，以至外无蕃国之援，内无宗亲之辅。于是，竟痛哭流涕，手捧《陈审举表》向曹叡长跪进言："权之所在，虽疏必重；势之所去，虽亲必轻。盖取齐者田族，分晋者赵魏，非吕宗姬姓也——"曹叡听后，甚为恼怒，令左右掌嘴一百，拖出门外。

回到府中的曹植，第一件事，就是把书房中的诗文一篇篇地扔进火盆。边焚边笑："志困于丕之父子，文亦成于丕之父子；志不能遂，辞采华茂又何用！"夫人来阻其焚烧时，诗篇仅剩一二。

当天夜里，四十一岁的曹植便笑而西归了。

李 一 刀

　　药都最盛时当数康熙年间，全国百万药商会聚于此，商栈会馆自然比肩接踵。同属西路的山西和陕西药商为了一展富有，决定合修一座会馆：山陕会馆。

　　会馆动工之时就议定修一戏台，供闲时听戏所用。药都会馆几乎座座内设戏台，要想超人一筹就只有在戏台上装上精致的木雕。山陕商人定了这想法后就遍寻木雕艺人。这时药都人就推荐说城内爬子巷有一李姓老头，名叫李一刀。据说原是紫禁城内的木雕师傅，三十年前因着一根龙须没有刻好被刺瞎了右眼回到药都，究竟是真是假，手艺如何谁都没有见过，全是传说。

　　山陕商人找到李一刀，说明来意时，第一次李一刀把他们轰了出去，第二次再请时李一刀把他们骂了出来，第三次会馆当家人在他门前跪了半天后，李一刀才开口说："让我刻刻木头可以，钱你能拿得起吗？""李老放心，只要你能说出价，我们山陕商人就能拿得出来！"李一刀眯着左眼一字一句地说："我的眼神不好，要价高儿点啊，就用木渣兑金银吧。粗活剔下的一两木渣给一两银子，细活刻下的一两木渣给一两金子！"会馆的当家人倒抽了一口冷气，说："此事非同小可，容我回去商量商量，明日再来。"第二天，会馆当家人把李一刀请到了会馆的工地，一顶轿子抬着李一刀，另一顶轿子抬着他的一个大木盒子。

　　刀刻下的木渣竟要同等重量的金银，这活一定是细活。李一刀来到会馆就要了刚漫好地的三间大殿。众人惊诧之时，他又开口说，"我先磨磨刀，三十多年没动过了。给我抬来四张方桌。"四张桌子抬来，李一刀眯着一只眼，把大小刀具整整摆满了四张桌子。第二天，李一刀就开始磨刀，这一磨就磨了一百天。刀磨好这天，四根上等的山杨也正好运到了会馆。于是，李一刀把自己关在了屋里，吃饭有人送上，屎尿有人端出，只是在有月亮的晚上偶尔出来走上几步。寒暑易往，一来就是四年。

完工这天，整个会馆的工程全都完了，就只剩戏楼上的木雕了。李一刀把会馆的当家人叫了过来，"叫人称称这两堆木渣吧。"两堆木渣一粗一细。一称，粗的一千斤，细的五百斤。称过之后，众人你眯我我瞧你，大气不喘一声。李一刀眯起左眼，笑了，"不兑现了，抬金银来！"众人都拿眼瞪着李一刀。会馆当家人，大喝一声，"还不快去！"一会儿，金银抬了过来。大秤一称，金银各分一堆。李一刀哈哈地笑了，把这四根杨木抬出去，用锤子砸了！众人更是不解，这哪有什么木雕，仅是四根被挖了缝的木头呀！

四个光着背的汉子抬了根山杨，出了殿门，往地上猛地一放，咔嚓一声响，山杨四裂，九十块木片四散了一地，细一瞧，一块木板就是一出戏呀。四根山杨全开了之后，三百六十出，三国戏文全摊在了地上，三国戏全部刻了下来。九九八百一十个人物，外加山石树木、殿宇亭榭、瑶花异草、风雨雷电、飞瀑流泉、峰峦城楼、日月交辉、文臣武将、战马旌旗……全场静得只有眨眼的声音。会馆当家人弯腰捧起一块木板，正是"祢衡斥曹"一出戏：只见祢衡于酒宴间裸衣击鼓，痛斥曹操；上坐七人，闻之有怔、佩、惧、惊、怒、笑、快、乐，无不形如生人；再细看，高台、桌、椅、香案、烛光、屏风、屏风上的花鸟、花上的细云，整整十层透雕……

人们见会馆的当家人拿起一块木板细眯，都弯腰捧起一块，细眯起来。会馆内万物皆停，只有唏嘘之声。李一刀，轻咳一声，"还有一块长板没有砸开呢。"会馆当家人如梦初醒，向下一眯，果真有块六尺长的木板。蹲下来，两手拿起，轻轻地在地上一碰，木板分为两块摆在地上。再一瞧，见是一副对联：上联"人有意意有念念有欲欲有贪贪得无限"，下联"道生一一生二二生三三生万万象皆空"。会馆当家人蹲在那里一动不动。

当他再站起的时候，坐在门前椅子上的李一刀已不知去向，大殿里金子和银子闪着反射过来的太阳光，照在他的脸上。

现在，这副对联仍镶在会馆的正门两旁。而且，现在你到这个被称作"花戏楼"的山陕会馆戏楼前，太阳正南的时候，仍有两道金光和银光照在你的脸上。

王　学

在药都，人精就是活成了精的人，比一般的精明人不知要精明多少倍。据考，人精一词始于"二桥口粮坊"的学徒——王学。

王学从乡下到"二桥口粮坊"当学徒时才十二岁，瘦瘦的脸膛，倒像二十岁的人，说话一字一板，速度极慢，但中间的语音却紧紧地连着。贵人话语迟，这句话就是单用在他身上的。他手脚的抬动很稳很沉，有点上六十岁人的感觉，但反应的速度极快，你觉得他正要跪下时，头已磕在了地上。粮坊的陈掌柜见他时，看了他半个时辰，终于对管家说了一句话："留在我身边使唤吧。"

王学确是生来的精明灵巧，十二三岁的孩子比多年的老管家都令掌柜的满意：刚想喝茶，紫砂壶就送到了嘴上；刚想擦汗，毛巾就递到了手上，而且想要多热就是多热的；刚想吸烟，着了火的水烟袋就托了上来；心里想要哪房太太，当晚哪房太太就会接到掌柜的另一副水烟袋……总之，只要掌柜的刚想，仅仅是刚想，王学就把事给办了。至于对客商的轻重冷热，掌柜的嘴巴歪歪，事情就刀光水滑地过去了。掌柜的常说，王学这孩子的心就是跟我连在了一起。

　　这等人可以说学啥会啥，就是不学也能看会，二十岁上就已经能写会算了。这自然会派到大用场上去。进二桥口粮坊的第六年，陈掌柜把老管家给辞了，王学顶了上来。他管账后，无论陈掌柜啥时打开账本，往来结存都子丑寅卯一清二楚，一笔笔齐齐整整。他的手眼就是一张网，粮坊的事，只要是水，再急也流得过去，只要是鱼，哪怕是一丁点儿也休想流出。他的悟性特好，顺势应对见貌变色都有特长，他懂得了其他生意人一辈子也搞不懂的许多事；他的主意很多，眼眨一眨就有一个主意；他很精细，精细就成了他一丝一缕一分一秒都要反复权衡的事。粮坊的许多人都觉得王学应该做掌柜的，掌柜的对他也挺感激，月钱一加再加，比前任管家多出了三倍……

　　可五年后的一天，掌柜的要给王学一笔钱，要他离开二桥口粮坊，理由当然是冠冕堂皇了："学，你能单立门户了，一定比我做得还好。这笔钱你做个铺底吧。"王学扑通跪在地上，"掌柜的，我没想过，我要在粮坊干一辈子。"掌柜的弯腰扶起他："你心里这样想的，但你天生就是当掌柜的料，就这样定吧。"

　　一月后，二桥口又多了一家粮坊——"长兴粮坊"，掌柜的就是王学。王学的生意自然不错，几年后就成了药都前十名之内的大粮坊。又一个十年过去了，长兴粮坊的生意就眼看着一天一天的不行了。有人说，掌柜的王学会邪法；有人说，王学当着人的面用手劲可将粮食多量少量；也有人说，斗内放一褂子冲满米，取出褂子原米再冲米仍满；更有人传说，他冲米能使米粒竖立，斗内虚松，冲米十担能多出数斗。有的人不服，买过米到知州大堂，用公案上的签筒(每衙只有一筒，平时作州官的令剑筒，关键时作为官府为斗斛纠纷较斗之用)较量。王学当着州官的面把竟把九成筒又冲成了尖筒。州官无奈。

　　又过了几年，"长兴粮坊"几乎没有了生意。王学就改开盐坊，可来的人更少，盐比粮贵得多，都觉得王学的盐坊有花活。

　　这一年的这一天，快五十岁的王学再次来到"二桥口粮坊"陈掌柜的榴花厅。当他叙说了自己的苦衷时，已进七十岁的陈掌柜沉默了很长时间，然后一字一句地说："人到精明不精彩啊！你真的货真价实，别人会说你有更大的虚头，街面上都说你活成人精了。"

从榴花厅回到家之后，王学就一病不起了。床上，他反复想也不懂这个理：我王学一昼一夜都成功，为啥合起来这一生就不成功呢；我明明是一朝一夕都没吃亏，加起来咋就没有得到好处呢……

据说，人精王学就是在絮絮叨叨中离开人世的。

关　仪

民国初年，药都上千家经营中药材的商号，数伏波堂实力最强。伏波堂的大掌柜姓苏，是洞庭湖岸君山人士。生意如何发达起来大多商号也不太明白，只知道伏波堂已在药都经营百年有余了。只是把药都特产白芍贡菊白桑皮向外埠发，并不在药都市面出售一味药材。这就给人一种神神秘秘的色彩。尤其是苏大掌柜，更让人另眼相看，他言语特金贵。几乎没有人见他说过话，即使开口了，也是轻言慢语，与他那颀长的身材绝不相符。

苏掌柜有一个最大的喜好，就是爱喝茶，而且单喝家乡的君山贡茶。君山其实是座小岛，在洞庭湖中，与岳阳楼遥遥相对。岛上大小七十二个山峰起伏叠翠，沟壑回环，一墓一印二楼三阁四台五井三十六亭四十八庙整整一百个古迹被竹木掩映，远远望去，整座君山就是一幅风光秀美的图画，别具一格地浮立于烟波浩渺的水中。

道教称之为十二福地。君山最出名的是出产一种名茶，曰君山贡尖。此茶嫩绿似莲心，见水若银针，这种贡尖每年只产十八斤，自乾隆以来专供清廷。现在不同了，废了朝廷，大药商苏掌柜就能喝上了。人常说没有好茶师就没有好茶，说的就是茶道。苏掌柜就有一个茶师，姓关名仪，身高七尺，白面女相，儒雅俑傥。苏掌柜在家就专门泡茶，苏掌柜外出，当然苏掌柜是很少外出的，但他外出时关仪就会身佩单剑，手拎一红木方盒，紧随其后。剑是佩饰，佩上剑人显得更为英气，红木方盒中则是一套茶具，苏掌柜的出门是从不喝别人家的茶的，他一生只喝君山贡茶。

药都是个大商都，什么生意都有得做，什么人都有，什么传言也都有人说。不知从什么时候，关于伏波堂的苏掌柜和他的茶师关仪就越传越玄，有人说苏掌柜是名门望族，长兄在大总统府里做官，药材都走到海外了。更让人感兴趣的是，茶师关仪是当今武林高手，说茶师其实是苏掌柜的保镖，有人说见他在月夜舞过剑，那绝对是天下第一剑。这样一来，药都武林就有人想与关仪比上一比，但都不敢出手。药都没有人敢出手并不能说天下就没有人敢出手了，民国五年，药都武林界终于从千里长安城请来了一个被称为"西北第一剑"的剑客。药都人许他的条件只有一个，比败了关仪药都武人给你立庙！可这一切，苏掌柜的茶师一点儿也不知道。

这一日，苏掌柜刚用完早点，茶师关仪正要泡茶，门房疾步来报，大门外有一剑客要见关仪。苏掌柜停了片刻，低声道，让他进来！剑客步履沉稳地来到堂前。苏掌柜抬眼一扫，细声说，先生找关仪何事？剑客抱拳一晃，在下人称"西北第一剑"，二十年来没有了对手，欣闻关先生剑法超人，意决一输赢！苏掌柜又看了一眼剑客，要是不比呢？剑客一脸轻意，那我就不离开此处了！苏掌柜朗朗地笑了，那好吧，关仪你就和他比画比画！掌柜的，我……关仪面带难色地说。就这样了，先给我泡一杯茶来，对，也给这位壮士泡一杯。

关仪一听泡茶，立马变成了另一个人，走到左边的茶台前，来茶台前一站，一个清朗、庄严、绝俗、无念的人洋溢了出来。君山贡尖是讲究品与观同步的，因而用的是晶莹剔透的玻璃茶具。泡君山贡尖要有九道程序，每一道都有一个美妙的称谓，关仪静气寂神，一一做来——银针初探，湘妃流泪，龙泉吐珠，针落无声，壶旁听涛，风平浪静，哪里来，竹林摇曳，风流万种。

整整一个时辰，茶才泡好。茶放在苏掌柜和剑客面前，只见：茶叶如针齐聚水面，芽尖朝上，芽柄下垂，随后缓缓降落，竖立于杯底或悬浮于水中，少许芽头忽升忽降，上下交错，蔚然趣观，慢慢沉聚于杯底，芽尖向上，似群笋出土，如刀枪林立，芽光水色浑然一体。端起杯子，经泡过的芽头随水动而散展嫩叶，芽头与嫩叶交角处夹一晶莹透明气泡，似雀嘴含珠，香气清郁而上。

苏掌柜呷了一口茶，微笑着说，关仪，剑客品了你的茶，该你出手了！关仪并没有从刚才的泡茶中醒来，听苏掌柜的一说，便摘下茶台后的细剑，风一样飘到堂外。见剑客已手握剑柄，便双手相抱，让你久等了。接着，脱下马衬褂，小心地折叠好，再把金表摘下，放在正中，再一颗颗地解下长衫的扣子，脱下长衫，竖两折，横五折，叠得方方正正，放在与马褂并列处，然后，弯腰扶了扶裤口，拂了拂有些折褶的马裤，再次抱拳相请。之后，从案上提起细剑，慢慢地慢慢地抽出，专注地端详了一下剑锋，静目以待。突然，剑客扑通跪在了地上，再下无礼了！说罢，起身向外疾去。关仪却木在了那里。

不知过了多长时间，苏掌柜笑盈盈地走了过来："我料你能战胜他的！"关仪这才醒过神来："掌柜的，我，我可是不会剑呀！我刚才觉得只是又泡了一道茶。""茶剑同道嘛，你败他靠的不是剑法呀！"

自此，关仪就成了举世闻名的剑侠了，再无一人来挑战过。

面 周 儿

这一天，江宁会馆的两根铁旗杆，在西北风的哨音中吱吱呀呀着不停。山门后的一丛青竹上，缩了头的喜鹊儿吊着一条黑钉样的瘦腿，单立着，从早到晚一动未动。

　　门房老头儿抬眼望一眼院内棉絮般灰灰蒙蒙的天，狠狠地骂一句，又他妈一个湿年节！都腊月二十六了，正月也不会有好天了。喜雀儿听到骂声后，哧的一声飞起。老头儿向下拉了拉帽子，走出门外，手里发着油光的红枣木梆子笃笃地响了三下。这时，白糖状的雪蛋蛋从只有屋脊高的天上细密密地落下来。

　　笃笃的梆子声虽然从后半夜被鹅毛大雪淹了下去，会馆对面的生意人还是早早地走出了家门。此时，门房老头儿正弯腰扫着，从会馆逶迤而出到灵津渡码头的三行脚印。门房外站着四十多岁一男一女凝目看雪的人。

　　正月十六早上，江宁会馆对面"昌济米行"左侧一间门前围了一层人。迎门的一块木板上，摆着粉白的荷花、寿桃、蛟龙、玉凤、飞燕、憨猪、猛虎、蹦猴……起初赶早市的人们以为是卖娃儿钱的玩具店，细一瞅，原来是一间没名没号的面馆。门内，灶膛火伸出红舌舔着灶门，锅盖上冒着白气，灶前那男人没事儿似的抽着烟。面案前，俊俏利落的女人，含笑站立。面团儿到她的手上分不出哪是面哪是手，只见一起一摔，一拉一甩，面团就变成了自细如丝的面条；紧接着两只粉手一合一转，一捂一滑，面团儿仍然又是面团儿了；再一转眼，面团儿在她灵巧的细指上一捏一拧，一蹭一点，或花或鸟或禽或兽或山或峰或石或木或人或鬼……无不活灵活现，让人如梦如幻，如痴如醉。

　　一时间，这一消息像接连不断的爆竹传遍整个药都城，这条平时冷清的紫云街热闹起来。穷人家买回去或哄孩子或摆在桌上作为装饰，富人家买回后往往不把玩一番也是不忍开口的，有的人家干脆说这不是吃的而是敬的，从不开口吃。时间一长，药都人更为其一二三四的妙处而称奇。那就是这些面食儿若要存放的话，夏天一个月秋天两个月春天三个月冬天四个月，不裂，不霉，不变形，不跑色，不走味。后来，人们从江宁会馆的门房老头那儿知道这男的姓周，于是，这家没名没号的面馆和这里的面食儿就被药都人喊成"面周儿"。

　　有这般手艺，生意自然不必说了。何况每到街灯点着的时候那姓周的男人还挎着扁嘴篮子，扯着哑嗓子卖一种麻花。这种麻花自然也是药都人过去从未听过和吃过的，通体金黄，又香又酥，进口无渣，存放时间同样是夏天一月秋天两月春天三月冬天四月。但这两口子却很少开口，女的以笑相迎，男的只有在晚上才扯开哑嗓子吆喝："麻——花——子——"

就像人们吃着这美味还总想见识见识这是怎么做出来的一样，药都人总爱一边吃着一边打听这面周儿主人的身世。这一男一女只说是江南人氏，至于是哪州哪府从不吐半字，更不要说生平经历了。人们问江宁会馆的门房老头儿同样得不到一句想听到的话："我只知道他们是逃荒而来的江南人氏，街上买鸡蛋何必问是谁家的鸡下的呢。"

于是，药都人凝眉提心地猜测了：有人说肯定是紫禁城跑出来的御厨，有人说看他们那做派定是犯了事隐姓出逃的高官，也有人断言看他们那一颦一笑一眼一神绝对是被人毁了嗓子的戏角儿……药都人总是把这事当作闲下来动脑筋的功课。更多的时候则是想从江宁会馆门房老头儿嘴里抠出来只言片语。只可惜，面馆开张后刚满一年，江宁会馆的门房老头儿突然暴死。人们从面周儿两人撕心裂肺的哭泣中知道，他们想知道的东西可能永远是个谜了。

一春一夏一秋一冬的更替，使药都男男女女的心上一天天长出茧来。忽一天，人们发现"面周儿"的一男一女的手脚已没有先前的麻利时，时间快过去了二十年。人们对那面食和麻花儿也没有了往日的热情。就在这时，有关"面周儿"的奇闻再次传开。

说这一天晚上，哑嗓子照旧吆喝着"麻——花——子——"沿街叫卖，迎面走来一跌跌撞撞的醉汉。他掏出钱要买蜡烛，哑嗓告诉他卖的是麻花，不是蜡烛。那醉汉蛮横起来，夺过麻花，划火就点，不料麻花哧地被点着了，蓝悠悠的火苗跳着往上蹿，风中的黑夜顿时亮了起来。醉汉竟高举着这燃着的麻花，迎风向家中走去。第二天，面周儿的麻花像当年的面食一样，再次名振药都。

不几天，邻近州县的官府富人也接连不断地来药都的紫云街争买麻花。这热闹没过多少日子，药都城又进入了屋檐挂冰的腊月。一个雪过天红的清早，人们吃惊地发现"面周儿"的那个小院没有如往日一样早早地开门。第二天，小院的门还是紧扣着，雪化了依然没有动静。衙门里的人打开院门屋门，见屋内物什一样不少，只好把门锁上。药都人断定这一男一女是回江南过年去了，毕竟二十年没见他们回去了。

春天的红杏伸出院墙时，院门依然紧闭。夏天的青苔爬上了院门前的墨石台阶，仍不见人来。雨过了，风来了，面周儿的小院终于坍塌了，没有了。可"面周儿"仍谜一样地让药都人念想到一百多年后的今天……

嵇 康

通往东市的大道上，秋风萧瑟，黄叶簌簌。身高七尺八寸的嵇康，双手后背，左手插在右袖中，右手插在左袖中，方步轻缓柔正，挺胸昂首，嘴角挂笑，平视前方。微风吹拂，宽衣飘然，潇潇洒洒如穹际白云，高而徐引；岩岩矗矗似独立孤松，爽朗清举。

望着嵇康的后背，钟会回想着第二次去药都拜见嵇康的情形。那一次，钟会是受司马昭之命专程去请嵇康出仕的，这也是第一次面睹嵇康。嵇宅的门前是一棵绿冠如盖的葛树，嵇康两脚伸直，分岔坐于地，手挥铁锤，轻轻重重锻打着发红的铁块，左边炉火正白。已站立半天的钟会，再次向嵇康施礼，嵇康仍挥锤不止，慢吟俚曲。钟会与随从终于要走了，嵇康低声道："何所闻而来？何所见而去？"钟会转身对锤起汗落的嵇康说，"闻所闻而来！见所见而去！"钟会想着当时的情形，脊梁沟一阵一阵地发起紧来。

而此时，嵇康正笑从心升，他眼看的却是窗外的钟会。那一日，他正在药都的草堂弹琴，也是清谈家的钟会在窗前踌躇再三，从怀中掏出自己的《四本论》，扔进窗口，转身便走。那一刻，嵇康望着窗外钟会的颤颤之身，真是不得其解：迢迢而来，惧何逡逡不进？这一次，钟会没有见到嵇康的毫发。冷笑之后，嵇康脑海又现钟会前日的嘴脸：司马昭面前，跪着的钟会声泪俱下，"康行言放荡，目无君王，菲薄汤武，害时乱教，且盛名于世，不除则礼崩国殇！"

前方白云舒卷，雁鸣声声。嵇康望一眼天空飞动的"人"字雁队，止步而立，身后的行刑兵将和三千太学生也静立不动。嵇康转身向钟会说："此处甚佳。拿我的琴来！"说罢，盘腿而坐。

钟会右手向后一挥，一兵将琴端置嵇康面前。琴为药都桐宫风啸桐所斫，神农样式，漆乃栗黑相间，斑驳雅古，腹内纳音微隆，琴背龙池上方朱砂阴刻：孤桐印月。嵇康两眼微眯，双手抚琴。良久，手腕一抖，长音而出，雄浑温劲，激越高亢，奇古透润静圆均清芳，九德兼备。面前三千余人，死寂一般。时间一刻一刻地过去，琴弦再无半点声息。嵇康此刻想到的却是聂政刺韩王的那一幕——

聂政之父因为韩王铸剑延期而被杀，他便逃入深山，拜师苦学琴艺十年。艺成潜京抚琴，震动王都。韩王召之入宫，命其弹奏。聂政在韩王沉迷之时，取琴箱匕首，霍然而刺，然后用匕首毁容自刎。韩宫为捕杀凶手亲属，将聂政暴尸街头。聂政姐姐聂莹知其弟所为，跑进城里，抱尸恸哭，并向人们哭诉弟弟刺韩王的缘由。哭毕，用匕首自刺其心，伏聂政身上而死。后有《广陵散》而出。

声声雁鸣。嵇康从遐想中醒来。只见他两腕猛地齐动，紧接着，越来越快越来越急，十指紧勾急揉批拂颤滑，空中便苍苍凉凉切切凄凄。突然，琴声化隐，天地造化亘古永恒无声而现。人们引颈注目，嵇康长出一气，空中便又雷雨交加剑戈相搏金鼓铿锵，地陷天崩墙倒塌宇摧沙石狂卷……人们突然看见了眼前画面，聂政冲冠，怒发，刺韩，投剑……

天地俱寂，时空滞留，不知过了多长时间，突地一声，丝弦俱断！嵇康冉冉而立，"袁孝尼曾请学此散，吾靳固未与，《广陵散》从此绝世。快哉！"刀起头落，而"快哉"之余声，回旋不绝。

老 子

　　来药都，进北门，向东走，转过三道弯，过辘轳巷，面前就是问礼巷了。问礼巷，问礼巷，问礼巷里有文章，这文章连着两位大圣人——老子与孔子。

　　那天刚入秋，正是秋老虎热死人的时候，孔子与子贡等师徒一行，由蔡经宋向东南的药都(古称谯)缓缓而来。车行至离药都还有十八里时，见窄窄的路上，三个光着屁股的男孩正在用尿泥垒坷垃城。

　　车到人前马自停。坐在车上的孔子，望一眼挂在南天上的秋阳，很是急躁。孔子下了车，要小孩让路。三个男孩理都不理。子贡急了，就说："这就是周游列国的孔圣人，快让路吧！"一扎着独辫的男孩，站了起来，"请问孔圣人，是车躲城，还是城躲车？"孔子无奈，只好绕道向前。后来，小孩难孔子的地方被称作小难集，叫着叫着就成了小奈集，现今儿依然热闹在药都城北十八里处。这是后话。

　　太阳越来越热，孔子的车越走越慢。太阳已开始向西偏了，孔子的车马才走到药都城北郊的琉璃井。此时，一妇人正在井边提水。渴得难忍的孔子和子贡一行，停下车，向妇人讨水喝。那妇人看了他们一眼，把扁担往井口上一放，站在井边说："请孔圣人回答，我这样把扁担往井口上一放，是什么字？答对了请你师徒喝水，错了，请自便！"孔子微微一笑："井上放根扁担，就是个'中'字。"妇人失望地说："我还在井边呢，应是个'仲'字，请自便吧！"说罢，挑起水筲，一摇一摆地向南走去。太阳照下来，孔子和子贡诸弟子的脸显得更红了。

　　孔子一行，到了城下，没有半点声张，在北城门外找了个小店，悄悄住下。这么地杰人灵的城池，定有大贤。当天夜里，孔子就从人们的嘴里知道，城里住着老子李耳，他每日在道德中宫讲学。孔子暗吸了一口长气，这就是妇孺皆大智的根源啊！天一亮，孔子就让子贡进城，到道德中宫去听一听老子的言说。子贡回来了，对老师孔子说："老子学识如海之渊远，且深懂道德礼仪！"

第三天一早，孔子沐浴正冠，带弟子四人，进北门，向东走，转过三道弯，过辘轳巷，穿柳条巷(因是孔子来道德中宫向老子问礼必经之路，后就成了问礼巷，延至今)，前面就是红墙黑门的道德中宫。进了院子，隔着坐在地上的人群，望一眼讲坛上的老子，孔子长出一口气，只见讲坛上的老子：身长足有九尺，脸黄白，宽额外参，美眉，耳长垂肩，大目疏齿，方口厚唇，鼻骨如柱，细指厚掌，恬淡无欲。

讲坛终于散了。孔子急趋向前，跪倒，向老子施大礼。老子起身让孔子平坐："子从远方而来，有何教乎？"孔子说："吾周游列国二十七年，欲复周礼，行先王道，然志不得且惶惶不可终日。何也？"老子答道："先王之道不合时宜，朽矣。君子宜顺时而动，得明主则驾车而事，反之，则蓬转流移即行，可止则止。良贾身藏若虚，君子盛德，容貌若愚。去子之骄气与多欲，态色与淫志，是皆无益于子之身也！"孔子听后，良久无语。自此以后，孔子一天三次，带弟子，进北门，向东走，转过三道弯，过辘轳巷，穿柳条巷，入道德中宫，向老子问礼。

第二年春天，孔子一行终于决定要离城而回。出药都城后，一连三天，孔子一字不语。弟子甚是奇怪。子贡问道："先生为何三日不谈？"孔子抬头望了一眼头顶上的太阳，感慨万千："鸟，吾知其能飞；鱼，吾知其能游；兽，吾知其能走。走者可以为网；游者可以为纶；飞者可以为矰。至于龙，吾不能知其乘风云而上天。吾见之老子，其犹龙也！使吾口张不能翕，舌出而不能缩，神错而不知其所居也！"

于是，众人再无言语，只有云中的鸟鸣，风中的草香在空中弥漫。药都向北的黄土道上，周游二十七年，已经破旧的木车，正萧萧然，向鲁国而回……

散文

渡　船

　　白漫漫的雾笼罩着清清的小河。从那白乎乎的村庄里跑来了几个娃娃，有我。用手抹一把湿淋淋的刘海儿，停在了岸边。我们来得太早了，老师还没有赶到。于是，用手抖落草芽上的露珠，蹲着，坐着，站着。都从小书包中掏出老师打好皮子的课本，哇哇唱起来：

我爱鲜红的太阳

他普照我们茁壮成长

…………

　　天边的太阳仿佛听见了我们这童心的呼唤，从云海里踱了出来。丢一个鲜红的火球，顺水漂过来。火球太大了，一下子塞满了窄窄的小河。"来了！来了！"身披彩霞的老师，从河尽头漂来了。我和孩子们一齐围过去。"老师好！"喊声跨过河面，飘进无边的晨雾，发着甜润润湿漉漉的回响。"孩子们上船吧，同学们正等着你们上课呢。"

　　落日匆匆去了，把自己的头巾忘到了河里。几点白帆，载着溪美的姑娘们正在打捞。头巾终于被捞走了，河里静了，没有了色彩，没有了声响。我把一片树叶丢进去，叶儿在水上打着旋儿向前扑去。我不敢回家了，我与同学打了架，也没有进学校。我饿极了，掬一捧河水，真甜哟。

　　"锁柱，你在哪里，在哪里……"哦，老师，我顺着月光在河中铺下的路望去，是她，是那只小船。老师向我驶来了。她没有批评我。"快上船吧，你妈在学校呢。噢，你冷吗？"她从身上脱下褂子给我披上……

　　小船轻轻地划哟划哟，渡我越过一个个险滩，走向人生的河岸。我发誓：我要采撷一朵太阳底下最圣洁、最美丽的鲜花献给你——老师，我心中的渡船。

蓝色的梦

　　河上飘着一片蓝幽幽雾，河里映着三棵老柳树弯弯曲曲的倒影。一队白鹅踩着清凌凌的河水，悠悠然的从岸边走过来，又轻轻地向河尽头走过去……

　　布谷鸟叫出了绿生生的苇芽。我和芦花、银玲与比我大两岁的黑牛哥一起躲开母亲，嬉闹着来到河边。

　　我们那时才七八岁，大人们不允许孩子到河里洗澡。只有大人下河汲水、洗衣时才能玩个痛快。两岸边的老柳、野花，洗衣的大婶，鸭、狗、芦花和油菜，槌棰、头巾、搓碎的笑声、天、云、晒着的衣裳……都倒映在明亮的河水中。河里，和我年龄相仿的男孩子，有的噙着苇杆扑哧哧地吹，有的睡在如练的水面上，踩着水。随着他们身体的晃动，各自夹带了离合闪烁的日光，和水里的杂草、小鱼一起荡漾。这些顽皮的孩儿，有意欺负我不敢下河，在我面前逞起能来：一猛子扎进水底，摸一个蜗牛，嬉笑着扔给我："苇缨姐，给你！"

　　五月麦收大忙，家里的大人对我们管束得自然松些。我和芦花、银玲在黑牛哥的撺掇下偷偷地向河边溜去。河面上芦花荡漾，一只水鸟从苇丛中猛地蹿出来，两翼在水面上一掠，激起几圈轻柔的涟漪。河里的蓝天、白云、芦苇里的倒影无不解散，而且摇动、扩大，互相融合。刚一复原，却又退缩。仍旧是一河的蓝天、白云、芦苇的倒影。

黑牛哥扑通跳进水中。他撅着屁股折一根苇子，试着水深向我们引诱说："下呀！可好啦！暖融融的。"我们都小心翼翼地趟了下去，学着黑牛哥的样子，撅着屁股折一根苇子，试着水深，向里走……

太阳照着我们的面颊，温暖的河水抚摸着我的身子，使我心中的恐惧和战栗消失了一半。随机溢出一股男儿的憨劲，我模仿着黑牛哥游起泳来：趴在浅水中，翘起双脚瞎扑腾，妄图使身子浮起来。银玲和芦花笑着说我："你像一只癞蛤蟆！"

我拔出插在水中的那根苇子，返身追撵他们。顿时，小河里溅起一簇簇雪白浪花。

上岸后，我和银玲、芦花与黑牛哥蹲在距离一丈多远的苇丛里。说好了谁也不准偷看谁，才脱下衣裤，擦身上的水。真有点脸红，黑牛哥没有偷看我们，我们倒偷看了他。

那天夜里，我做了一个梦。梦见自己变成了男孩，大人们不再来管束我下河洗澡了。我顺着龙湾河，走呀，走呀，终于找到了海，那里尽里蓝云、蓝水、蓝芦花……浪花自由自在地跳着，小鸭子呱呱地叫着……

啊！二十多年了。直到现在，已经步入中年的我，还常常想起那个带着希冀的蓝色的梦。

榆树青青的日子

虽然距今天已经有二十多年了，但我却常常想起那个榆树青青的日子，想起这一生对我影响最大的老师——孙克修先生。

那时，我刚读二年级。也许是当时那个以破庙当教室的小学，没有

"文化大革命"的阳光普照吧，教学秩序与现在的小学没有两样：上课不注意听讲依然会受到老师的训斥，作业完不成就要站在讲台上。在为数不多的七位老师中有两位五十多岁的男老师最为特别：一个姓姜，鼻梁上整日戴着副琥珀色圆眼镜，但他只有一只眼是睁着的，另一只眼瘪瘪的，一点光都不放；一个姓孙，整日左手拿着一卷发黄的书，右手的食指和中指夹着一根烟，嘴里吐着烟圈，但鼻梁上也是整日吊着一副黑框的圆眼镜。当时，两位老老师都很厉害，听说孙老师在讲台的右墙角楔了个木橛子，谁不注意听就让谁坐在上面，虽然没有一个同学坐过，但学生们还是在背后编起了顺口溜来发泄自己的不满：姜瞎子真厉害，老孙是个烟布袋……

是一个榆树泛青的初春吧，我早早地背着小书包来到校门口，嘴里唱着一天唱好多遍的关于姜老师和孙老师的歌谣。突然一只手突然拍在我的头上。回头一望，见是"烟布袋"孙老师，他的另一手正握着勾榆钱儿的木勾子，我的脊梁骨一凉，害怕极了。但他并没有打我，只是向上翻着眼镜片后的两只眼说："上去给我撸榆钱子去！"我听清他的话后，把书包往地上一甩，向前一跃，两手搂着树身，猴子一样的趴了上去——从此以后我与孙老师熟了起来。下午不上学我就牵着羊来学校放羊，生产队里什么庄稼下来了，我就从家里给他拿什么，冬天他怕冷就让我来给他暖脚。这一段时间，他便一个接一个地给我讲故事。现在知道那都是，《水浒》、《三国演义》、《三言两拍》、《封神演义》里的故事。再后来，他就不给我讲了，而是给了我几本带有插图的书，让我自己念。当然都是当时流行的《雷锋的故事》、《金光大道》之类。

大约过了三年光景，他突然要走了。临行前他又送给我一大堆书，里面有小说，也有教学参考书。现在知道了，他那时是右派，从河南发配到我们这里，平反后回家乡去了。但那时我并不知道，也许是我搞不懂的原因，他没有告诉我。但从我与他的接触中，我小小的心灵里却因他而埋下了艺术的种子。

孙老师走了，从此我们再没有见过面。现在他该有八十岁了，也听说他已不在人世了，但我却永远不能忘却他，因为是他给了我读书的兴趣和那段榆树青青的美好的记忆。

中国鳄鱼湖见闻

它们的种族经历了亿万年历史的变迁，人类现在能见到它们真是个奇迹。

【鳄鱼的乐园】

这是一个鳄鱼的乐园。茂林修竹深处，鸟儿啁啾、溪流潺潺，幽静之中，偶尔传来一两声鳄鱼的吼叫。这就是坐落在安徽省宣州市南三公里处的"中国鳄鱼湖"。漫步在分年养殖池边，但见一条条大小不一，尖嘴利齿、披着青铜色"铠甲"，拖着长尾巴的鳄鱼，有的懒散地匍匐在碧绿的水面憩息；有的在小岛的水陆交界处闭目养神；见到生人，几条胆小鬼"索索"地滑下池塘；那群浅水里的幼鳄正你追我赶地欢闹不已……走到成鳄池时，"哗"地的一声，一条大鳄窜出水面二尺多高。这条鳄是这里的鳄王，有两米长，四十公斤重，已有五十多岁了。

鳄的寿命与人的寿命差不多，能活七八十年呢。

【幸存下来的国宝】

扬子鳄起源于两亿三千万年前的中生代，与恐龙、翼手龙类源出同族。在它们相继灭绝七千万年后的今天，扬子鳄却奇迹般地生存了下来，被人们当作自然科学研究的"活化石"。

"育婴堂"(人工孵化室)里，刚孵出的幼鳄虽才只有十几公分长，重二十多克，但它们却翘起锥形的头，窥视来客。扬子鳄是两栖爬行类动物，身体紫黑色，尾巴扁平而粗壮。目前，地球上尚有二十一种鳄类，扬子鳄和美国的密西西比鳄是世界上仅有的两种生活在温带的淡水鳄。

【进食撷趣】

已是"开饭"时候了，饲养员端着一筐鱼和活小鸭抛向池塘，一边抛一边"噢——噢——"地叫几声，不一会儿，几条鳄鱼就游过来，相互争夺激起浪花。鳄鱼有时也自己捕食。它把身子沉入水中，把头露出水面，如同飘浮在水中的一根烂木头。小鸟飞下来落个脚，青蛙跳上去蹲一会儿，乌龟爬上去晒太阳。这时，鳄头开始慢慢下沉。然后，猛一抬头，便把猎物吞入嘴中。

扬子鳄一般三天才进一次食，但它的胃口还很高呢，非荤不吃。鳄鱼虽有牙齿，但不会咀嚼，只会撕碎吞食。因此，食物往往刺痛喉咙和胃，使长在眼睛上的腺体流出分泌物来，这就是所谓"鳄鱼的眼泪"。由此人们常说鳄鱼凶残又"虚伪"。扬子鳄虽模样凶恶，性格却温驯、孤僻，从不伤人。

【失职的"丈夫"和"母亲"】

扬子鳄每年十一月开始冬眠，直到来年四月它们才懒洋洋地爬出来，开始筹备一年一度的"婚礼"。

它们五六月份发情交配。雄鳄不是一个负责任的"丈夫"，交配以后便四处闲荡。雌鳄七八月份产出像小鸭蛋一样大小的卵，然后孵育幼鳄。但雌鳄也算不上是太好的"母亲"。它只对第一年的幼鳄给予保护，第二年就不管不问了，而且还会与其争食。因此，大小鳄鱼要分年隔池放养。

【生存于静止中】

扬子鳄每年有半年的蛰伏期。休眠期的扬子鳄入眠很深，老鼠来啃咬都没有反映。可以说它的生命不在于运动而存于静止中。它长期过着洞穴生活，耐饥力极强。

扬子鳄恪守雌雄分居，一洞一条。它们把一口口潮湿的洞穴打扮成一座座"地下宫殿"。宫殿里有做卧室的平台，有迷惑敌人的岔道，也有类似导洪的结构。

【满身是宝】

扬子鳄虽外貌丑陋，但它不仅有重要的科研价值，而且具有极高的经济价值。

《本草纲目》中对其甲、肉、肝胆等的药物价值有过记载。研究表明，它身内含有五十多种氨基酸，其中有二十多种是人类很难摄取的。其肉不仅是美味佳肴，而且有强身健体、抗衰老之奇效。皮是上等的制革原料，国际市场上一双鳄鱼皮鞋价值一千五百多美元。

1992年3月，经国际组织批准，扬子鳄已可以商品饲养了。

幸福四重奏

【一】

说到幸福，人们马上会想到烛红酒醉香车宝马，抑或挂金戴玉的荣华富贵等。其实，幸福是一个内涵极其丰富的概念。何人何地何时何事都存在着幸福，幸福是一种感觉。

大千世界，芸芸众生，处境各异，幸福也自然是千种万类。

手腕上金色闪闪是幸福，一袭清秀的粗布衫同样有幸福；夫荣妇贵众星捧月是幸福，贫贱妇妻互恩互爱同样有幸福；子孙绕膝亲情融融是幸福，孤兀一人独醉夕阳同样有幸福；出有轿车居有豪宅是幸福，以步当车身居陋室同样也有幸福。

幸福，是因人因地的一种自我满足的感觉。有福无福，只是在于各人的领悟与感觉。

忆童年，身无整衣而寒，食无足粮而饥，其幸福感也溢满眉眼，看今日新衣贮而待穿，美食常入己口却毫无一丝欣喜；想昨日，先烈爬雪山过草地、为正义而幸福无比，思今朝学子坐明窗读美文却常叹"幸福在哪里"。不同的时代，不同人的幸福的标准也各有不同。幸福同样具有时代性、阶级性。

贪得无厌的人永远不会有幸福，欲望的魂灵时时搅得他痛苦万分；喜欢攀比的人也不会有真正的幸福，不知足的心境使他无暇去感受身边的幸福；追求奢华追求轰轰烈烈的也很少有幸福，幸福往往隐藏在平平淡淡之中。

人的幸福首先是心的幸福。不奢求的一生是幸福的一生；朴实的一生也是幸福的一生；淡泊宁静的一生同样是幸福的一生。

一物一天堂，一花一世界。守住属于自己的一份平淡的生活，你就是一个幸福的人了。

【二】

阳光普照是对万物的奉献，甘露挥洒是对禾苗的奉献，大河涛涛是对土地的奉献，月儿皎洁是对花儿的奉献。奉献，就是给予。

奉献是无私的，奉献不是掂量算计地期求报答，给予了就头也不回向前走去。奉献是无悔的，默默地给予，默默地走开，不计较得失是她的品格。

母亲给婴儿哺乳是奉献，园丁为学子浇灌是奉献，军人为国家战死是奉献，妻子为丈夫操劳也是奉献。奉献，就是责任感。

奉献是一种高尚的情操，她从始至终都没有丝毫的功利色彩。奉献是一种博大的爱，这中间没有同情，更没有怜悯。

绿叶托花是无私的奉献，春蚕吐丝是深沉的奉献，落叶化泥是悲壮的奉献，人间情爱是美丽的奉献。奉献是一种精神。

奉献是一种高尚的投入，绝不是被迫的应付。奉献跟装腔作势的做作无缘，她是发自心灵深处的挚爱。

放飞一只小鸟是奉献，爱护一颗花草是奉献，节约一滴水是奉献，捡起一个烟头同样是奉献。奉献是一种境界，绝非只有牺牲生命或给予财富才是奉献。

奉献是体现一个人境界的标尺。奉献不一定非要轰轰烈烈，奉献是爱心的种种体现，是没有标准可以衡量多少的。

奉献是海洋的宽广，天空的高远，是人一生应不倦追求的信念。让我们为这个世界来奉献吧，从现在做起，从一点一滴做起。

人人都以奉献为荣的世界，定是一个洒满阳光、花香芬芳的乐园。

【三】

名利场上陷阱多。过分地看重名利，你就会整日绷紧神经，挖空心思地活着。过分地看重名利，你就会心浮气躁，如负重的老牛活得太累、太烦。过分地看重名利，你常会茶饭不香、失魂落魄。

声显名赫自然好，权高位重更诱人。但世上总是平平淡淡的凡人多。他们正因淡泊了生前身后的名利职权，才拿得起放得下，乐而歌悲而哭潇潇洒洒。

淡泊名利，就是要超脱红尘的诱惑、世俗的困扰，真真实实地对待一人一事，豁达客观地去看一得一失。淡泊名利，就要面对生活的山水时时登高放歌、临风把酒，宠辱不惊。

淡泊名利，既不是老庄的与世无争，亦非毫无激情的冷眼旁观，更不是陶渊明式的隐遁山水、悠然南山。淡泊名利，其实就是一种更大的胸怀。她是超然尘俗，直追人生真谛的积极态度。

淡泊名利了，你就会拥有一个好的心境。天雨人悲、月黯神伤的困惑便会离你而去；无论何时，你都会平平淡淡开开心心。淡泊名利了，你会感到人生的美好和生活的温馨。

淡泊名利，会使你变得更加高尚。你会摒弃一己一家的私利，而献身为别人尽力给予的行列。淡泊名利，你就走出了蝇营狗苟，尔虞我诈。

人生不满百，何须名利忧。淡泊名利了，日日是好日，天天有风景。

【四】

天有阴晴，月有圆缺。人间少平地，森耸山岳多。生活怎能会没有烦恼呢。

房价太贵，物价飞涨，幼儿尿床，烧饭煳锅，你便产生了烦恼；朋友失和，爱情有隙，皱纹渐多，气温过热，你又产生了烦恼；事业有阻，同事微词，单车被盗，文思枯竭，你仍免不了烦恼。

人生尘世，足踏山水，头顶日月，口食五谷杂粮，怎么能会没有烦恼呢？烦恼多了，你便会怨天抢地，情感失衡；烦恼多了，你便要自悲自怜，自怨自艾；烦恼多了，你更可能冲出理智的束缚，走向盲动。烦恼是人生挥不去的浮云，止不住的阴雨。走过烦恼，你才会拥有晴朗的欢欣。

当你烦恼时，不妨去大自然中找个宁静的地方走走。你看山川，山川给你静肃的启迪；你望流云，流云给你轻松的感觉；你浴清风，清风给你拂面的温馨；你凝目寂寥的星空，星空让你顿悟深邃背后的大智。大自然是消烦去恼的良药，顺着大自然的静谧你便走出了烦恼的困惑。

当你烦恼时，不妨冷静下来让理性破土生长。理性是驱散烦恼阴云的美丽阳光。理性比发泄更有力量；理性是吐馨散香的花蕾，你理性了，花儿的芬芳便会弥漫你的心田；理性是烫平心灵的熨斗，理性的电流通过，你的思想便会拥有平实的静美。理性是根治烦恼的灵丹，顺着理性的河岸漫步，你便走出了烦恼的苦闷。

走过烦恼，你就越过了人生的坎坷；走过烦恼，你就避免了思维的愚稚；走过烦恼，你就拥有了生活的阳光；走过烦恼，你就能听到成功的歌音。

人生虽然烦恼多，四季总是阴雨少。走过烦恼，你便拥有了美好的一切。

活出自己的真实

无须偶像。

偶像与榜样是两个截然不同的概念。

何谓偶像？你稍有不慎说话偏颇便被斥作"无礼"，而他满口脏话却被世人尊为"潇洒"时，他便是偶像。

偶像的一切都是至高至尊的；偶像是一切丑闻都被世人当作乐此不疲美谈的角色。这个社会究竟该不该有偶像？读过几年书、稍明一点世理的人都知道：大多数人都曾有过偶像。前辈的中国人有孔圣偶像，心甘情愿受束缚千多年，女性尤甚；时下，没有影星的影片、没有歌星的演唱、没有球星的球赛被叹为"没劲"，偶像成为多数人的主心骨，青少年尤甚。中国一直在尊奉着偶像，中国不能没有偶像。

这是中国过去和现在的悲哀。

哥白尼因没有偶像而树地动新说；达尔文因推翻偶像而解人类进化千古之谜。偶像的树立与尊崇，从某种意义上说是桎梏自己的开始。心中真正充满偶像的人，永无创新之胆略，这已是无须赘述的道理。

尊崇偶像的环境，从一开始便造就了被尊为偶像的悲哀。任何一个偶像都不会被世人全部而永久地拥有。最终，偶像将被世人因追逐新偶像残酷地淘汰和打碎。马拉多纳便是例子，1994年7月1日之前全世界还一直尊他为神，一夜之间全世界都在唾骂和遗弃他。以势利为要是人的劣根性。

偶像的产生是两方面使然，失去自尊的无限尊崇与盲目自大的自以为是。偶像的产生对人对己均有百害而无一益。谁心中充满偶像，谁就失去了自己；谁被尊为偶像，谁就注定要被世人打碎与遗弃。

况且，中国影星姜文曾说过一句话："任何被尊为偶像的明星，都不会真正尊重影迷，因为他们永远不会站在同一个层次上。"

因此，我们无须偶像。

活出真实。

现在的世界喧嚣得很，浮躁得很。

尔虞我诈、你争我抢、欺世盗名、故弄玄虚等等丑相压得人喘不过气来，活得太累。活着就该活出个性，活出真实来。千万别把自己往玄里奥里弄，也别深沉，也别假模假样，真实地善待自己为好。

真实就是该吃就吃、该拉就拉，想说即说、想哭就哭，有牢骚就发。因为你有你的天空，你有你的自由，你有你的喜怒悲乐，你有你的凄凉酸楚，你有你的甜蜜幸福。

真实了就别自轻自贱，伟人是人，你也是人。这世界本身就是一个大舞台，缺少谁都不能上演一台圆满的戏剧。你地位虽卑，但扫马路、淘厕所照样需要人；你虽言轻，但细细一想，总还有人信任过你，敬重过你；你钱虽少，但照样一日三餐、有滋有味。

真实就是别过多地幻想。幻想虽美，但你总是始终站在现实的土地上。幻想多了，你会自我找失望的懊恼；幻想高了，你会劳神伤肝。真实地想你的工作，想你的生活，订你渴望预期实现的目标。这样，乐便自来，趣自横生。

真实就是别杞人忧天地思考。世界恁大，我辈何须伤神。思考过了头，你便会愤慨、忧心，食寐不宁，空生绝望。人类一思考上帝就发笑，此语虽偏颇但也充满哲理。

红尘万丈，真实最宜。真真实实地善待自己，自寻乐趣，你便是幸福的人了。

幽默点儿。

岁月是一条多情而又无情的河流，湍急多于风平浪静，严峻多于轻松自如。人在世上本来就是一遭艰难的旅行，困惑、艰辛、失意、沉重,常常伴你。

应该幽默点儿!

幽默很大程度上是一种自嘲,只有能自嘲的人才能自信,自信恰恰又是成功的前提和人之性格魅力所在。幽默不仅使你如释重负,而且会给你一个美好愉悦的心境。

幽默就是放松。放松其实就是辛苦人生的一次小憩,困乏疲倦后的一次补给。

放松是一门艺术,需有分寸,需有冷静抽身的能力,需有客观自觉的底蕴。

放松不易,幽默更难。

诗人说,幽默是一种浪漫;哲人说,幽默是一种智慧。刻板教条的人不会幽默,低智能的人更幽默不起来。幽默是智慧丰盈、知识渊博的自然体现。能幽默起来,你就是一个丰富而自信的人了。

幽默是一种积极的人生态度。

豁达、大度、自适是幽默的先决条件。狭隘、专断、古板的人永远不可能幽默。幽默是机敏、干练、亲切的人的专利。培养自己的幽默感,其实就是修身养性的一种。

幽默是种高雅,而不是低俗。

国骂的调侃不是幽默,生硬的做作不是幽默。幽默与低俗间隔着巨大的层次差别。幽默是一种优美的健康的品质。

幽默,是以微笑面对严酷生活的行为。

微笑是通行证,微笑是幸福感,微笑是博大的爱心。微笑的人生是一种健康的人生,微笑的民族是一个有美好前景的民族。微笑是幽默的孪生姐妹。

幽默点儿。

幽默不朽!

别怕碰壁。

下雨、刮风、打雷、落雪,虽然给生活带来了麻烦,但也为生活增添了韵味与情趣。人生的旅途中也常会遭遇一个个不可预测的障碍，也正是一个个克服这些障碍、朝着自己既定的目标方向行进，人生才充满魅力。

不可卜知的人生是一片未知。走在人行道上会碰上失控的汽车，买来一瓶啤酒险些炸伤右眼，头痛发烧买几片西药也可能被假药夺去生命……人生航路上布满了崎岖与艰难。但绝大多数人还是不断地在开拓自己的道路，照样地生活下去，这正是人生的趣味所在。

自然界是一位绝好的大师，自卫力弱的动物，给予它保护色或矫健的脚力；生活在冰天雪地里的动物。赐给它长毛或冬眠的特质。人，同样也受到自然界的种种庇护。因此，在难上加难的人生航路上，大部分人还是顺顺当当地走了过来。

人生的旅途犹如盲人前面的路，不知道哪里有绊石，也不知道哪里有坑洞。只有小心谨慎探索，方能一步步向前。也正是这种探索，才使人生妙趣横生、引力无穷。

我们的生活与人，常有不可预测的变数潜伏着。尽管如此，绝大部分人还是能平安地过着自己的每一个日子，享尽乐趣。因此，别怕碰壁。

各种困难的侵袭虽然时时都会到来，但不怕碰壁的心态和力行实践的信念，会推动着你走完变幻的生活和风雨的人生。

其实，就是这样，不怕碰壁，反而很少碰壁。

家庭手记五则

【之一：与儿子商量教育方法】

儿子的性格有点倔，有时你让他不要怎么样，他偏怎么样，总是跟大人对着干。比如，他在做作业时，你就不能说他的字写得不规矩。你越说，他写得就越潦草。做教师的妻子有时也不耐烦，就大声斥责，这一来更不行了，儿子虽然才六岁就敢反抗——罢写！只急得妻子火越发越大，有时竟会大打出手。老是这样总不算办法。

有一天，儿子做完作业后，我很正式地与他就教育方法的问题进行了"父子友好权商"。我首先问他，小孩子需不需要爸妈的教育？儿子回答说："我又不是大人，有好些事我又不懂，当然需要。小孩没有大人的教育就会变坏，长大了也没有出息。"我紧接着问，那你为啥有时候不听我们的话呢？他很有理由地说："你们总是在我不高兴时说，还说好多话，还把多少天前的事都拿出来一起说，我这就不高兴了。"他小手托着嘴巴，想了想又说，"有几回，妈妈还在家里有小朋友的时候说，人家小朋友不是知道我不好了吗，我最烦。"当问道，你是喜欢说服教育，还是喜欢大人吵你、打你？他立即回答："书上说了，我们也有自由，大人越打小孩越烦。"

有了这次对话后，我就与妻子商量，以后不能采取急躁、粗暴的教育方法，改为说服教育。后来儿子果然听话多了，也不再给大人较劲了。小孩毕竟是小孩，有时也忘了过去说过的话，但当我们提醒他："你说的我们一说服教育你就听，现在怎么了？"他马上就很自觉了。成绩也逐渐有所提高，尤其是不再像过去那样总是与大人对着干了。他有了什么事，也主动与大人商量，不经我们的同意，一般不会做出什么出格的事来。

看来，孩子也是十分要自尊的，与他们商量教育方法是十分必要的。这样，能让他感觉到大人对他的一种尊重，他也就自然会学着尊重大人了。

【之二：每天夸孩子一句】

每天夸孩子一句，重要吗？为什么重要？

如果我告诉你，日本一位儿童教育学家的一项研究表明，孩子经常受到家长夸奖和很少受到家长夸奖，其成才率前者比后者高五倍。你会不会重新想一想经常夸孩子的重要性了呢。

我曾在儿子身上做过实验：如果今天夸他手那么干净，第二天他的手会更干净；如果今天夸他的字比昨天写得好了，明天字一准写得更工整；如果今天夸他讲礼貌了，明天他也会更注重礼貌……孩子毕竟是孩子，在他幼小的心灵里，大人夸的东西就是大人肯定的，他在受到大人的夸奖时，不仅得到心理上的愉悦，而且懂得了什么是对的，什么是错的，什么是大人提倡的，什么是大人反对的。这样，比家长直接对他说应该做什么，不应该做什么，效果好得多。

每天夸孩子一句并不难，关键是你有没有这种意识，能不能认识到它的重要性。夸奖是一种激励。激励比批评和强迫的效果要见效得多。但夸奖孩子并不是一件易事，首先要夸得准。如果夸得不准，孩子就会感到是受到了欺骗，认为大人在故意夸他，也起不到激励作用。如果夸错了，那就更要命了，孩子会把错的当成对的，会起到非常严重的坏作用，即使以后你想更改过来都很难，因为他心中的是非标准因你的错夸而混淆了。因此，家长要时刻关注孩子的每一点细微的进步，每一个小小的闪光点，并要及时给予夸奖和鼓励，让孩子产生成就感和自豪感，促使孩子不断进步。

夸孩子不是一件易事，它比批评还难，但也不是无从下手。只要你选准他做的"好事"就要尽管夸奖，有时这件事做得并不出色，只要是你所提倡的，也完全可以夸夸，这样就会促进他的进步。夸孩子要与学校配合好，如果你在家里夸，老师在学校里批评，那么，孩子就会无所适从。我的儿子有注意力不集中的毛病，我就与老师沟通，让他针对这一情况在课堂上对儿子进行表扬。有一次，老师在课堂上表扬我儿子上课注意听讲了，要同学们都向他学习，儿子回家以后很自豪，说老师表扬我注意听讲了，我以后就不能再做小动作了。后来，他果真上课时不再做小动作了。

每天夸孩子一句吧，你会很快看到意想不到的效果：孩子会按照你的要求，一步一步地做得更好！

【之三：餐桌上的交流】

当今社会确实是一个快节奏的社会，人人都有许多事要做，尤其是一些事业有成或业务繁多的男人，忙得连"吃饭"都成了工作。人们把吃饭当成了建立友情、交流信息、商谈业务、开拓人生的重要手段，所以就免不了不停地与熟人、半生不熟的人、生人在一起吃饭。但与孩子吃饭的机会越来越少了。可是，一旦有时间同孩子一起吃饭，这饭也往往成了盘问孩子功课、检查孩子成绩、训斥孩子不足的机会。

我因工作的单位距离家有四十多里，所以每天早晨和中午都在单位吃。有时晚上再有朋友或者业务上的接待，每周在家吃饭的时间也就是两三次。可每次吃饭的时候，妻子总是要给我说儿子的学习情况，这时总免不了要说儿子几句。每当此时，他不是愁眉苦脸就是很不耐烦、有时候竟把筷子一丢不再吃饭了，搞得一家人都没有好心情。后来，我与妻子曾非常认真地商量过这件事，最后觉得在吃饭时说儿子的成绩确实不好。吃饭的时候应该是一家人心情最好的时间，一家人围坐在一起，一边吃一边说些愉快的事，这样不仅小孩子高兴，大人也不会因孩子的成绩而影响情绪。

后来，我们约定在吃饭时不再议论孩子的学习情况。从此以后，每次晚餐时，我们一家三口往往说些一天的见闻，有时也鼓励儿子说说自己的想法，有时也与儿子就某一个问题进行讨论。这时，儿子也很自然地把他在学校和学习上的事情给我们说。这样不仅达到了我们与儿子的沟通，而且也使我们很准确地掌握了儿子的心理状态，就可以及时地或表扬或引导，一些问题在吃饭时就解决了。同时，也使家庭的氛围更加轻松和温馨，使我们与儿子的关系更加融洽与密切。儿子的学习成绩和在校的表现也有了好转。

饭桌是一个特殊的场所，多与自己的孩子在同一个饭桌上吃饭，并很好地利用这个机会对孩子进行交流、引导、教育，将会使你的孩子的成绩和身心发展更正常，也同样会使你的家庭更加温馨和美好。

饭桌上的交流是一种没有任何围墙的交流。多与孩子一起共进晚餐，你会觉得孩子更可爱，家庭更温暖！

【之四：儿子的日记】

进入二年级不久，儿子就学写留言条了。那天，我晚上回来，儿子就十分兴奋地说："爸爸，我学会写留言条了。"我说，你写一个我看看。他就回到自己的屋里，一会儿就写好了。当我提出要看时，他不让看，用胶水把留言条粘在了门上。我一看，原来还真是那么回事呢。

留言条

爸爸妈妈，今天我去看电影，回来要晚点。

杨歌

10月12日

不一会儿，他又写了两张留言条，粘在门上。我见他对写留言条这么感兴趣，就因势利导，教他写日记。我首先告诉他，日记就是把自己一天最有意思的事记下来，最重要的事记下来，也可以是心里最不高兴的事，包括对爸爸妈妈和其他人的意见，还要有年月日、天气情况。

同时，我还郑重告诉他，日记就是小孩子的秘密，大人不经同意是不能看小孩的日记的。他对这日记的兴趣超出我的意料，当即就要写。我说，明天我给你买一个日记本后再开始写。他似乎已经急不可耐了。我就说你先想想怎么写，以后每天都要写。他才去睡觉。六岁多的孩子毕竟好哄。

第二天，我真的给他买了一个小巧漂亮的日记本。他很神圣地把自己关在屋里要写日记。这时，对门与他一样大的一男孩要看他写，他竟关着门就是不让进，那小孩不走，他竟急哭了。他写完后，就放在了抽屉里，并声明不准我和他妈看他的。接下来的日子，他也挺认真地写了起来，有时忘了，我们一提醒，他就写起来。

十多天后，我征得他的同意看了他的日记。他第一篇写的是："今天我很高兴，我跟叔叔去电视台，所以很高兴。"第二天记的是"今天我写了许多作业，我不高兴。到了晚上，我跟张皖谯玩得很高兴，我太想玩下去了。"我统计了一下，十天的日记有八天都与"作业"、"玩"、"高兴与不高兴"有关系。作业写多了就不高兴，玩多了就高兴。看来，他的作业量是大了，才二年级的学生，每天晚上要认真写的话，没有两小时是完不成作业的。但作业大多是重复的，一个字写一行一个句子写几遍之类。

玩是孩子的天性，这么多作业，孩子真是太苦了，老师和家长对他们也太"残酷"了。于是，我就决定给他减少作业量，基本上把重复的减少一半。

这样一来，孩子显然是高兴多了，玩的时间也多了不少。他依然在写日记，后来写的是什么？我没有再看。但我肯定会与以前有所改变。

【之五：别强求孩子】

儿子进入幼儿园以后，我与绝大多数家长一样，犯过同样的毛病：总希望他每次考试成绩都能名列前茅。可以说，每一个做父母的都有这种望子成龙的心情。但这种强求孩子的做法不仅不能起到好的效果，有时还会适得其反，迫使孩子向"虫"上下滑。

自从我看到一则报道后，才算彻底改变了自己的这种想法。

《钱江晚报》的一篇文章说：杭州天长小学周武老师担任语文教师和班主任近20年，他有意识地对1990年前后毕业的150名小学生进行过跟踪调查。结果，在这些如今上了大学和参加工作的同学中发现了一个耐人寻味的"第十名现象"。即在学校实行百分制时，第十名前后直到20名的学生，却在后来的学习和工作中表现得非常出色，并成为栋梁型人才。相反，大多数当年备受老师宠爱、成绩一直数一数二的优秀学生，长大后却淡出优秀行列，甚至在后来的升学和工作中屡受挫折。

为什么会有这样一种现象呢？

仔细想一想，答案自然就出来了。过去，老师和家长一样，往往单纯地用语文、数学、英语成绩来衡量孩子的学习，许多家长更是挖空心思地想让自己的孩子挤进前三名，觉得孩子只要保住这个成绩，一生就会很优秀了。其实，情况恰恰相反，这样一来会给孩子带来很大的压力，也使他们在培养兴趣爱好、开阔知识面、发展个性等诸多方面受到限制，到头来却束缚了他的智力发展。致使他们进入初中以后就力不从心，升入高中就会变得很勉强。当然，这是对一般的孩子而言的，对于智力超常的特殊儿童，也不全是这样。

别强求孩子，只要他们认真学了，就行了。因为，要承认孩子与孩子间的智力差别。孩子只要尽到了努力，打好基础就行了。更重要的是，使孩子学得轻松，学得活泼，在学有余力的情况下，充分发挥他的个性和潜力，这样，孩子自然也会成为一个对社会有用的人。

别强求孩子，孩子也有孩子的自由。何况，强扭的爪还不甜呢。

给儿子的三封信

【第一封信】

亲爱的儿子：

你好！

现在是晚上十点半了，我改好自己的小说，突然想起明天是你们的家长会，就再一次想到你。想到明天又能见到你——我那个漂亮、聪明、诚实、可爱、不断进步的儿子，心里无比的甜蜜和幸福。便决定给你写信，而且决定从这封信起，以后每月给你写封信。但我也希望你每次都要给我回信。爸爸是一个说到做到的人，我也希望你像爸爸一样说到要做到。

儿子，你现在是个大孩子了，上初一了，应该明白一些道理了。作为你的爸爸，我有义务教育你，帮助你成为一个对社会有用的人。要想成为对社会有用的人，首先要有爱心，关心所有的人，尊重所有的人。无论是对家人、对同学、对老师、对社会上所有的人都要关心，都要有爱心。这个世界上人是平等的，生命是最可贵的。小草、树苗、小鸟、蝴蝶等一切都是有生命的，都要去爱护她、关心她，万万不能伤害她。你爱别人，别人也同样爱你；你对别人微笑，别人也以微笑对你；你帮助别人，别人就会帮助你；你不掐花朵，花朵给你美丽的笑脸；你爱小鸟，小鸟向你歌唱；你爱小鱼，小鱼给你在水中表演；你爱小树，小树长大后会给你绿荫。

要想成为一个对社会用的人，必须要有自信。你是一个聪明的孩子，爸妈相信你，老师相信你，同学相信你，你更要自信。你的基础虽然不太好，但你进"中锐"两年多来，我觉得你进步很大，老师也觉得你进步很大。按这样的速度进步下去，你肯定能行的，肯定能成为班上最好的学生之一。但也不能骄傲，你是有骄傲的小毛病，不改可不行啊。谦虚使人进步，骄傲使人落后。何况你现在骄傲的资本还没有多少呢。要记住，只要努力，就能做得更好。爸爸就是这样的，我曾经给你讲过，我原来上小学时成绩很差，但我最终通过努力，取得了现在的成绩。我刚工作是在你知道的那个偏僻农村中学，十八年来，我通过种种不懈的努力，换了十几个工作岗位，现在被过去不少熟悉我的人羡慕。这一切都是通过努力的结果。我相信，你一定能像爸爸一样，通过努力取得自己想取得的成绩。

你要能吃苦，要持之以恒。宝剑锋从磨砺出，梅花香自苦寒来。没有人能够轻易成功，天上从来就没有掉下过汉堡。这个世界上所有成功的人，没有人不是通过吃苦换来的，我过去给你讲过许多这样的故事，你还记得吗？只能吃几天苦也不行，要长期坚持下去，坚持下去必能成功。远的不说，爸爸的事你是知道的。我喜欢写作，十几年来，一有时间就在看书、写作。你知道，过去你和你妈看电视我基本上都在写作。就是现在，我公司的事这么忙，只要一有时间，夜里还是在写作。没有这种精神，我就不会发表几百万字的作品、出那么多书。你是一个不太能吃苦的孩子，这样可不行。解放军叔叔说，练兵时不流汗，打仗时要流血。你现在不吃苦，将来考不取好的大学，就不会有好的工作，你的生活就不可能幸福。流自己的汗，吃自己的饭，靠天靠地靠祖宗都不是好汉！

做人要诚实，不能欺骗别人和自己，说到要做到。你自己给自己订过计划，下过决心，要一次比一次考得好。你做到了吗？我认为有时候做到了，有时候没有。但这并不要紧，要紧的是要从现在做起，从今天做起。过去你有不少毛病，但你都按照自己答应的那样，逐渐改掉了，我和你妈妈十分高兴。希望你今后做得更好。你在学校，我们不能在你身边，但我每时每刻都在想着你，想着你在做什么，是在学习，还是调皮和玩。其实，你应该知道每时每刻，你的背后都有老师和家长的眼睛在看着你。当你学习遇到困难的时候，当你不想认真学习的时候，要想到我们家长和老师在看着你，期待着你好好学习，快快进步。

做事要有计划，要自己监督自己。你现在是初一的大孩子了，要知道自己给自己订计划。每周都要给自己订出计划，语文如何学、英语如何学、数学如何学。每天也要给自己订个小计划，晚上睡觉的时候，不要与同学乱说话。要在心里想一想，总结一下，今天的作业做完没有？自己又主动学了哪些？哪些事做得好，哪些事做得不好，如何改正？今天哪些进步了，又学到了哪些新知识？如果你能坚持每一天都这样，每一天都有进步，都能改掉一个小毛病，积累下来，你会成为你们学校最出色的学生。不信，你可以试试。

要大胆地与老师与同学交流。要把自己心里不懂的题和事勇敢地说给老师和同学，以求得他们的帮助。千万不要把问题放在心里，你想，一天放一个小问题，两天就会有两个小问题，时间长了，你的心里放的都是问题了。如果每天都把问题解决了，你不就快乐和轻松了吗？疯狂英语创始人李阳叔叔，大学一年时是班里最差的一个同学，后来他找出一个方法，大胆的、疯狂的、大声的说英语，现在成为世界上最受欢迎的英语老师。学英语就要大胆地说，大胆地念，不要怕说错了。所有人都是从错而学会对的，从无知到有知的。我希望你见到我能用英语和我说话，这样也能逼着我学习呀！

做什么事都要勇敢承担后果。我是说，做错了事不要紧，要紧的是要自己承担，不要让别人来承担你的后果。比如，你自己打球不小心，摔倒了，那你就要承担痛苦，别人是不能替你承担的。学习也一样，你这节课不认真听，别人会了你不会，别人进步了你不进步，你是不能埋怨别人的。你就要想办法找老师或同学给你补上，不然的话你就要掉队。

儿子，世上无难事，只怕不用心。没有做不好的事，只要你有恒心、有决心、能吃苦、一步一步地去解决困难，就一定能成功。每一个人最大敌人就是他自己，战胜了自己，就战胜了所有的困难。如何战胜自己？其实很简单，比如，你写作业不认真，你改掉就行了；你不喜欢大声念英语，你大声念就行了；怕吃苦，你咬着牙与能吃苦的同学比一比就行了；这次考得不太好，下次努力不就行了吗！总之，你的所有缺点都是你的敌人，要一个一个地改，一个一个地攻克它。每个人都有不足，尤其是像你这样的孩子，只有不断地改正不足，才能成为有本领、有道德的成功人士。

儿子，你已经在梦乡了，也许梦见我明天去看你呢。想着你熟睡的小脸，爸爸心里特别高兴了。我相信你，在老师、同学和我的帮助下，通过自己的努力，一定会成为一个最优秀的孩子，成为爸爸心中理想的成功者！我相信，你会让我满意的！

希望你每天都有一个进步，小小的进步也行！

爸爸
5月21日深夜于亳州

【第二封信】

亲爱的儿子：

你好！

今天是你开学的第二天，军训还没有结束吧？你知道军训的目的吗？我理解，学校就是为了收收你们这些孩子的心。放假期间，你们玩的时间多，有的孩子心野了，也不太守纪律了，而通过军训能让你们收回那颗贪玩的心。

你在假期还好，在校补习也挺辛苦的。所以，你回家后，我就没有让你妈管你太严。但现在不一样了，开学了，你最主要的任务就是安下心来学习。不要再想假期期间玩的事了。我知道你是一个懂事的好孩子，你一定会收心的，一定会听老师的话，认真学习的。也许你会说，哪个孩子不想玩，但我告诉你，你现在的任务是学习。但也不是一点也不能玩，课外活动期间就能玩。要做到劳逸结合，我要的是学习好的活泼少年，而不是老气横秋的书呆子。

初二是关键时期，这一点你也知道，也曾经给我说过，从初二起你一定会努力学习的。这一点我相信你！过去，每当你妈夸别人的孩子时，你就会有点不高兴，其实我也不高兴。为什么老夸别人的孩子呢？我们的儿子不同样优秀吗！这一点我是坚信的。你要为爸爸争这口气。现在对于我们这些人，比得最多的就是看谁家的孩子学习好。

8月21日，我们房地产集团公司举行"500万奖学金"发放晚会，你也去了。我知道，当你看到那些考取重点大学的孩子，在奖台上领奖的时候，你心里一定会想："我也会考取的！"当爸爸在奖台上给那些孩子颁奖的时候，你也一定会想："我一定要让爸爸亲自为我发奖！"那天晚会结束后，你一直不说话，我知道你是在想心事，是在心里发誓，在想自己的未来。在车上，我告诉你："儿子，好好干，我相信你一定能登上那个领奖台！"同时，我还告诉你说，"我也好好工作，争取在房地产再干几年老总，一直干到为你发奖！"这些话，你一定记得。我真的希望你能领到那个奖学金，倒不是几万元的事，关键是要争口气！

做什么事都要有信心，这是第一重要的。但不能太自信，要正确地认识到自己的不足，知不足然后才能赶上。你已经进步很快了，但还要加快速度，争取更大的进步。要想进步，光傻学也是不行的，要有方法，要有针对性。尤其是要提高学习的效率，要学就专心的集中精力地学！学一小时要顶别人学两小时，尤其上课期间，要做到忘我的程度。除了听课，什么也不想。玩的时间尽情地玩，学的时候就要专心地学。但你也要知道，别的孩子肯定也在努力学，那么你要想赶上和超过他们，就要尽量少玩。他们玩了，你在学习，你就比他们学得多了。勤能补拙，书山有路勤为径嘛！

在上封信中你告诉我，通过假期补课你的英语进步多了，过去不太会的音标现在都会了。爸爸看到这些的时候，心里特别的高兴和自豪，感觉儿子越来越懂事了。但现在开学了，你要在这个基础上努力学习，千万不能把学过的东西再忘掉。你们武老师是一个很不错的老师，负责而有水平，你要听他的话，在他的教导下学好英语，他会高兴的！学好英语的重要性，我不想多说了，因为你早已知道。我等待着你取得更好成绩的捷报。

你的数学也进步了。放假的时候我与你们杜老师也进行了交流。他认为你的成绩是在不断进步。但你如果能改去粗心的毛病，会进步更快。许多问题是不能以自己的想法来决定的，有些问题你的判断可能是正确的。但你现在是学生，面对的都是新知识，你就要虚心地听老师的话。当然，我相信你的智力，有时候是会有另外的解题办法。但这要与老师充分地沟通，有新的解题办法也要告诉老师，让老师判断一下是否正确。数学是一个人理性思维能力的最好表现，数学成绩好了，你思考问题的能力就强了。因此，你一定要学好数学。

　　你还没有来合肥，爸爸就一直想今年开学送你什么礼物。想来想去，决定送你一套课外书。我给你买的四本《盛世繁花》，我认为是最好的课外读物了。这几本中有小说、散文、诗歌和童话。你要认真读。我与你们章老师也不止一次谈到你的语文，在这一科上，你除了基础有些差外，就是阅读的书少了。但我认为你的语文进步很大。过去你对许多字都写不全对，可现在你的字写得也漂亮了不少，基础也补上了不少。从你给我的信中，我看到了你的进步，写得很好，很真实，很有感情，句子通顺而表达准确。我想你这一年，除了认真听课，把课本上的东西学好外，还要认真读这四本书。在读书上，爸爸是有经验的，那就是"翻一百本书，不如认真读十本书，读十本书不如精读一本书"。读书关键在精，要把书读熟了，读透了。书读百遍，其义自见。就是这个道理。这一年，我只要求你认真读这四本语文方面的课外书。当然，你也可以到图书室读其他的书。

　　你要认真读好这几本书，我相信你的作文水平一定会有大的进步。写作文开始要模仿别人的。什么事不是从学别人开始的呢。你可以学着写写诗歌、童话什么的。过去你就曾经发表过几篇作文。这学期至少发表一篇行吗？我有信心，你有信心吗？

　　好儿子，我知道你现在懂事了。每当爸爸回到家的时候，你都知道给爸爸倒水，帮爸爸把电脑打开。你也知道理解爸妈的辛苦了，这一点我和你妈心里很感动，儿子终于快长大了，知道理解和心疼我们了。懂事就好，爸爸给你讲的这些道理，一定要照着去做！

每一个当家长的，都希望自己有一个身心健康，有知识，有发展前途的好孩子。为此，父母们呕心沥血，不惜代价，这一点你会懂得的。现在，爸爸实在太忙，这么大的公司，亳州、合肥一边一半时间，一天忙下来，都感觉太累了，有时腰酸头晕。你妈劝我多次，不想让我再干这么累了。但不行啊，我也要有事业，一个男人没有事业是不行的，更何况我不努力工作，很可能会被别人替代。没有了收入，你和你妈就不能过上现在的生活。你也是一个小男子汉了，你要努力学习，将来长大了，我们要靠你呢！我相信，你一定能行的！

今天，当你看到这封信时，我们的手就紧紧地握在了一起：让我们为了各自的工作(我是工作，你是学习)而互相加油吧！

夜深了，爸爸也要休息了。明天还有一场谈判呢。

下次回家的时候希望能看到你的回信，听到你进步的好消息！可以吗？

祝进步！

父亲
9月1日深夜于合肥

【第三封信】

亲爱的儿子：

你好！

我现在是在奥地利的一个城市因斯布鲁克，这个城市坐落在阿尔卑斯山的半腰，这里海拔四千多米，终年积雪，我住的宾馆开窗就可以看见白茫茫的雪山顶。

关于我这次欧洲之行的见闻，我将会写成书出版，到时你再看吧。

现在我这里才晚上九点，而家里已经是凌晨三点多，你正在熟睡。我一个人在房间里十分想念你，就给你写信。过去我们约定每月通一封信，现在没实现，首先是我没能按时写给你，但你也没有按时回信，希望我们都守约好吗？

这次我来欧洲十多天，感慨很多，有许多话想对你说。这里确实与我们中国不太一样，不仅是这里经济发达、城市干净、人们素质水平高，更重要的是这里人的思想与我们不一样。这里人简单，做事工作效率高，生活自由。大人每天工作六小时，学生学习也跟中国不一样，教学方法灵活，注重发挥学生的想象力，老师与学生均是朋友式的，开放式教学，孩子们自主意识强，独立性强，但这里入学是免考试的，可是毕业相当严格，要取得毕业证却相当困难。

我希望你大学毕业后，能到国外学习几年。如果大学毕业，英语雅思过关，这里是免学费的，你可一边读书，一边做工，做工的钱基本上可以够上学的了。家里不需要补贴太多的钱。

因此，我想写信告诉你该如何提高能力，如何适应环境，生活得更好。

第一，就是要学会做人。

这是最重要的，做人就是要正直、诚实、有同情心，能够理解别人，能够包容别人，心胸宽广。一句话就是要做一个大家喜欢你，愿意与你成为朋友，愿意给你合作的人。一个人不受大家欢迎，大家就不会帮助他，不愿意与他在一起学习和工作。如果你处处受人欢迎，大家拥护你，都喜欢与你接触，将来你工作就会很顺利，就能成为众人的核心，就可以做成事业，甚至成为领导。我这些年一步步发展，就是受大家欢迎的原因。大家支持我，听我的指挥，我自然就能成为企业领导。

据我观察，你很有同情心。小时候就知道疼父母，爷爷、奶奶、姥姥等，也帮助过拾垃圾的小女孩。现在在同学们心中威信也不错，希望你继续发扬下去，将来一定会像爸爸一样受人欢迎。就是出国了，也会受到外国朋友的欢迎。

第二，是要有思路，思想和方法。

有思路就是无论做什么事，首先要考虑从哪方面入手是正确的。比如，让你干一件事情，你就要先考虑怎样干才能干好，对待一个问题要有多种想法，要在许多想法中找出一条最好的。解决问题的办法会有上百种可能，哪一种更适合你，这就要你选择。这种选择就是思路。做任何事都可能出现这种事情，如果你都能找到一条最好的办法，你就比别人更早、更好地成功了。这就是思路与方法。

有思想，就是遇事要多思考，多想想"为什么？"做事要冷静，要做有思想的孩子，要找出问题的原因，只有这样才能把问题解决掉，把困难克服掉。人没有思想与动物就没有区别了，谁的思想深刻，谁就能成功。科学家、经商成功者、有学问的人都是有思想的人。要有思想也不难，首先要学习，向父母学习，向老师学习，向书本学，向所有成功的人去学。更重要的是要锻炼。遇到问题都多想几种可能，多问几个为什么？时间长了，你就有思想了，就聪明了。

第三，要刻苦学习。

现在学习是你的头等大事。但学习并非是一定要追求第一名，只要成绩上等，将来就能顺利考取大学。你们现在学的东西都是基础的，等工作了就不仅仅靠成绩了。不是所有成绩好才是最优秀的。上了大学后，工作了靠的就是能力加做人加事业心了。

当然现在首要的学习课本，课本学不好，考不取大学，那就会落在别人后面。

你的学习一直在进步，我很高兴，你学习越来越认真，爸爸心里放心。离高考还有五年，离中考还有两年，我一直相信你能在不断进步中成为一个优秀的人。

每天都有一个小进步，加起来就相当厉害了，切记不能变化，要时时给自己定目标。这些，我曾写信告诉过你。

第四，要独立，要敢于承担责任，学会拒绝。

做人要有独立性，国外的孩子十八岁就要独立，当然，中国不能与他们比，因为，他们到十八岁，国家就会允许他们一边打工一边上学。学费是免交的，每天做两小时的工，就可以够生活用的了。

但在中国也要独立。你在合肥上学两年多，我认为十分值得，这两年你学会了独立生活，学会了独立处理问题，学会了自己照顾自己保护自己，也学会了如何与别人相处。这两年多，你变得成熟了，比同龄的孩子成熟了许多。

独立还包括要学会独立思考，不要听从别人的话，当然，别人能说服你，你就要虚心学习。

要独立就要学会拒绝。别人让你干什么，只要你认为不对，就要拒绝，你在写作业，别人让你玩，你认为应该写作业，你就更应该拒绝别人。

你很快就长大了，要敢于承担责任。自己的事，要自办，靠父母是不能靠一辈子的，况且，我们并不是有大钱的人家，只是通过爸妈的努力，节俭一点钱，为了让你生活好一些，尽量满足你的要求。我一直在努力工作，就是想给你提供好的条件。但我也要自己花钱啊，我要生活，要交朋友，要照顾老人……不能管你一辈子。一辈子靠父母的人也是没出息的。

穷人的孩子早当家。许多富人的孩子都不好好学习，结果父母那点钱花完了，学业也没有，只得又过穷人的日子。所以，你要学会靠自己，当然，我们会尽可能给你提供学习的条件。要记住，我们不是富人。只是稍好些的人。将来爸爸老了，不想工作了，要安心写作，还得靠你这个好儿子呢。

这次我给你买了块手表，我希望你能戴到大学，可能大学生也没有这样的表，我这是鼓励你，让你看到这块表，就想到爸爸对你的希望！

好好学习吧儿子，爸爸会帮你一步一步成长，成为优秀的人才！

祝进步

老爸
4月22日于冈斯布鲁克

写作者与牛

　　想起自己与写作有缘，我便常常想起两个人：一个是我的小学语文老师孙克修，一个便是我目不识丁的老父亲。

　　我上小学时下午是没有课的，在那片破庙里，唯一吃公家饭的老师便是"右派"孙克修先生，下午我便牵着羊来学校，一边放羊一边听他讲《水浒》《三国》《封神演义》《林海雪原》等；他家在外地，一个老人很孤独，冬天他就让我跟他睡以便给他暖脚，睡觉前必给我讲一些故事，他在我心里埋下了文学的种子。而我的父亲是在我十五岁那年，催生和坚定了我的文学梦想。那年秋天，我正在家里写一篇作文，父亲走到我身后要让我去帮他到地里干活。我说我在写作文，将来要当作家。父亲愕然好大一会儿后，问："作家？作家能挣钱吗？今儿咱家的牛病了，你得去与你哥一道帮着拉犁子！"我一听说要干活，心里就憷，想了想就说，"作家就是写书的，写书能挣钱，等我当了作家挣了钱，一定买一头大牛！"父亲想了想，走了，走出几步又扭过头来说，"你说了啊！爹等着你当作家给我买牛了！"

　　父亲言语不多，我们姐妹七人都只怕母亲，没有人怕他。但自那天他说要等我当作家买牛，我便开始有些怕他了。尤其想到那天他吃惊、信任、期待的眼神，我时时有一种担忧，因为我不知道我能不能实现自己的承诺。就是这样一个看似有些荒唐的事儿，让我坚定了当作家的梦想。

　　自从八六年在《散文》上发表处女作后，虽然后来我的工作多次变化，但我一直没有放弃文学的梦想。其间，发表和出版了近三百万字，也获过国内大大小小的奖项，当然，挣的稿费买个铁牛也是没有问题了。但苦于不能突破自己，这中间曾几度停停写写，徘徘徊徊。不过，我依然没有停止阅读与思考，对文学近似宗教式的热爱使我找到了心灵的家园。四年前，当我的前同事们因经济问题受到严罚，我及我的亲人们，由衷地感觉到文学对我的救赎和滋养，从而坚信了文学的力量。文学的教人向"善"性、让人学会"敬畏"的功效，是可以给心灵忏悔、救赎、希望和出路的。

有一年春节间，我与年过八旬的父亲在书房里聊天。中间，我把自己出版的十几本书堆在一起让他看时，他很认真地翻了几十页，然后问，"这都是你写的？"我说，"是！"他又说："这字跟绿豆差不多，估计有一升斗了吧！"我一听他把字折成绿豆而且用斗计量，便哑然失笑。接着，父亲又说："你当企业老总，那是临时的，我看写字儿才是你一辈子的营生。你看我与牛一起种了一辈子田，现在虽然不用牛种地了，可我还把赶牛的鞭珍藏着，牛一辈子最踏实。你们写字儿的也应该像牛一样，踏实！"父亲的话虽不多，但再一次激发了我心底的责任和激情。从那时起，我便给自己定了个目标，那就是要坚定自己对文学的追求，把亲身所经历的、心中所想的呈现出来。

爱好写作这么多年来，我常常首先想一个问题，那就是我为什么要写？然后，才思考写什么，怎么写。现在的企业竞争十分激烈，我在企业真是常常与时间赛跑，我的家人也多次说，别那么累了，真不理解你写东西干吗？也许，他们认为我是为了一些虚名，其实不然。思考可以让我们廓清事情的表面。我觉得这些年，我写作不是跟风、不是盲从、不是为了虚荣、不是为了稿费；更不是对生活以俯视的姿态、道理审判的姿态、关怀的姿态来显示自己的悲悯和获得发表后的虚荣。我的写作冲动，来源于我对生活聆听后的谨慎和审视后的敬畏，我首先是通过写作，来解决自己对世界对人生的迷茫与困惑，完成属于自己"这一个"的表达与理解。

墨西哥作家富恩特斯曾说过："如果我们不开口说话，沉默的黑暗统治就会降临。"一个有社会责任感的作家必须对当代生活有所作为，那就是在当今急剧变化的时代不能思考缺席、不能失音、不能没有自己的文字。否则就不是真正的作家，就将被边缘化，就远离了读者和社会。我自觉有太多的经历，虽然文学只能写印象和记忆，不能把经历生搬，但一个写作者对现场的话语权是不能丢的，否则就不是一个真正的作家。

前几年，出版社要出版我的一本笔记体小说，我便选择了多年来写故乡和童年的篇什。我在龙湾这个神奇的村子生活了十六年，这里的一草一木一人一事，都让我终生难以忘怀。无论是老人嘴里作古的人物还是我亲历的各色人等，无论是贫穷、木讷、孤寂还是坚韧、豁达、宽容、朴实、简洁、执着的血肉乡亲，无不让我深思和遐想。他们就是中原农民的代表与象征。我以笔记体小说的方式把他们一个个记录下来，以期通过这些形形色色的人物还原和营造我心中的故乡史，并以此为桥梁实现日趋破碎的乡村与繁杂城市的对话。在补充和修改这本书的过程中，我多次回故乡，其间，农村的真实现状深深地刺疼了我。于是，我在去年便写下了反映留守儿童生活现状、农村医疗现状、农村非法集资现状、感触农村老人晚年生活的中篇小说。我把自己的深思与感情以冷静的笔触融了进去，我尽力地为我的乡亲们包括我自己寻找精神的出路；同时，我还以一种理想和浪漫的气质力求创造一个新的精神世界。无论别人如何评价这几篇小说，但我觉得我在创造一个精神世界，我感觉到了幸福和安慰。

在写这篇文章的时候，我不时想起我的老父亲与牛在田里耕种的情形。虽然，这已是许多年前的记忆了，但它依然激励着我不停地写下去。就像牛那样踏实地默默地耕耘，日复一日年复一年。牛的汗水和辛劳，会换来的是田野的新绿和希望；我相信，我的努力和追求也一定会迎来我理想中那金灿灿的收获。

爱好文学是幸福的事

　　文字，对于一个写作者来说，绝对是一种大缘分。

　　一个写作者，与某些编辑、刊物、出版社、读者也是一种前生注定的缘分。

　　从十几岁爱好文学之后，历经上学和二十多年十几种工作经历的变化，我一直没有放弃文学的梦想。其间，发表和出版了近三百五十万字，也获过国内大大小小的奖项，但苦于不能突破自己，也曾几度停停写写，彷徨徘徊。尽管如此，我却依然投有停止阅读与思考，对文学近似宗教式的热爱，使我一直沿着文学这条路径不停地探寻着心灵的家园。

　　爱好写作这么多年来，我常常首先想一个问题，我为什么要写？然后，才思考写什么，怎么写。其实，我身处企业，一直生活在激烈的企业竞争之中，几乎每天都在与时间赛跑。不要说其他人，就我自己有时也觉得这样追逐文字的目的很可疑，难道真的是为了一些虚名吗？其实不然。由文学而引入自己对社会、对人生、对生命的思考，可以让我慢慢廓清浮世的表面，直逼社会和人性的真实和真相。

　　当下的社会太热闹、太功利、太浮躁，欲望太多，以至让我们失去了思考的耐心与时间。人生的真相到底是什么？似乎我们的所作所为、所思所想、所追所求都那样充满可疑。生命的意义到底是什么？有多少人还在享受生命的过程，能够对自己的灵魂尊重，更无须说对"从哪里来，到哪里去"这些命题的探寻了。生活似乎真的只剩下结果，人们都无暇再来顾及过程。

　　我常常想，一个有责任感的作家，其实就应该像鲁迅先生的那句名言：吃的是草，挤出来的是奶、血。这句话套用在作家身上，我的理解奶和血应该是一个作家的良知、悲悯和责任。一个人的一生是有限的，一个人真正爱好文学应该是大幸福的。我们许多人的时间和生命是苍白的，有时你不想苍白也不行。但一个作家却有至高无上的权利，那就是可以用自己的作品建立一个多姿多彩的王国，从而使自己拥有几种或多种不同的人生。

我的写作不跟风、不盲从、不是为了虚荣，更不是对生活以俯视的姿态、道理审判的姿态、关怀的姿态来显示自己的悲悯和获得发表后的虚荣。我的写作冲动，来源于我对生活聆听后的谨慎和审视后的敬畏，我首先是通过写作，来解决自己对世界对人生的迷茫与困惑，完成属于自己"这一个"的表达与言说。

当下的生活现状，确实很令人头痛，有时让人喘不过气来。

那我们的小说呢？我们写出的小说如果还是这样子让人透不过气来，那就更没有读者。当然，我从不认为作家关注读者是等而上的，相反我倒认为小说写出来没有读者，那是作家的悲哀，发表出来也是浪费印刷资源。所以，我在写小说时，总是要给小说中的人一条出路，有时是几条出路。我想，这也许就是作家的"理想"在小说中的作用。理想又往往与主题绞合纠结在一起，比如现在所说的主题写作、底层写作等，似乎被一些评论家所不齿。而我所说的主题，是在小说中某种观念、某种意义、对人物和事件的某种诠释，她最终所指向的是某种人人皆认同的人生体验，或者说最终指向人生价值和人的行为价值。

这是我对小说主题的一种理解。

写作动机也好，主题也好，作者情感也好，小说写到最终必须关注和指向人性。

这些年写下的小说，都是我有意指向人性的努力，努力地在对人性进行探索和探讨。小说，不就是作家对人性和文本的探索结果吗？这种探索和探讨是我写作的动力和源泉。但事物总是处于矛盾中，写作也同样。小说不就是讲述的欲望吗？我力图跳出沉闷伤痛的叙事，借用举重若轻的笔调去描绘苦难现实的酱缸，去发现那些在酱缸中翻腾的人们，去寻找他们乐观的精神和真诚的微笑，从而引发人们对现实、对当下的深思。

在我的心里，文字是神圣的。这种认识缘于我不识字的父亲。

我的父亲是不认字的，但在我的记忆里，他每看到带字的纸都会捡起来拂去上面的尘土和污垢，叠得整整齐齐地放在窗台或桌子上。在我小时候，他曾对我说过：字是孔圣人留下的，得敬着！这就是一个不识字的人对文字的敬畏。那么，作为一个写作者，我们又该如何对待文字呢？这就是我不停地写作而又不敢轻易写的原因。

现在，我坚信：一个不知道感恩的作家，他就不可能拥有安详宁静的内心，可能永远也写不出抵达心灵和充盈大爱的好作品。

爱好文学是件幸福的事儿。

短篇小说

梅 花 引

　　在故乡，农历十月初一是个坎。过了这一天，说入冬就入冬了。

　　白天从黄土里飘出来的雾气，在夜里先凝成露，再凝成霜，到早上就成了一天一地寡白的霜雪。有微风吹过，哪怕一丁点儿风也不吹，只要早醒的公鸡叫几声、饿一夜的猪吭几声，或者早起的老人倚门长咳几下，树上的叶子就会扑簌簌地飘落一地。

　　村子是一天比一天瘦了，谁家的黑狗、白山羊和灰鸭子都缩了身子，村前的泓水也消瘦而寂静，再也没有夏天那汩汩的欢笑了。

　　十几天前，人们就开始添加衣衫御寒了，上年纪的人已经穿得很臃肿。这样的日子就算寒日了。阳世的人要添衣御寒，那另一个世界的亲人们呢？不也得添衣裳吗。当然，这是用阳世的标准衡量另一个世界。但，我们的心里还是挂念着已故去的亲人。早清明、晚寒日，烧纸钱纸衣祭祖的规矩就这样传下来了。我常想，这确是一种形式，但这形式能传下来几千年，这也许就是人活着的一些意味，一种念想。

　　这两天，我虽然费些劲儿，但还是调休了，我决定要回故乡给逝去的母亲冬祭。

　　进村的时候，已经快晌午。但出乎我意料的是，村里竟无声无息的静，静得能听到小风在树梢头的嬉戏声。

　　下车的时候，我只看到几只母鸡围着村口那棵老桑树在转圈儿，像是在做一种游戏。它们见到我，像没有看到一样，只是咕咕地叫两声，接着又你追我赶转起圈来。再向里走，就见一黄一白两只狗互相咬着身上的毛，对我的回来也没有发出一声吠，只是其中一只白狗向着我嗅吭了几下鼻子。

自己平时回来的极少，连本村的人都不能认出一半来，但这狗们却像知晓我是这村里的出生的人一样，一点儿也不生分，一点儿也不戒备。村子怎么是这般样子？我疑惑着进了老家的小院。父亲正倚在门框上吸着烟，脸上漾着安详。见我进院子，他急忙走过来，笑着说，"乖乖儿，你怎么回来了？也不言语一声。"

其实，父亲是知道我回来给母亲冬祭的，但他还是有些意外，这意外多半是由惊喜而生的。陪父亲抽了支烟，我俩就蹲在院子里开始"花钱"。在这里，给亲人烧纸不叫烧纸，而叫送钱。既然是送钱，就得用一百元的纸币在黄裱纸上，一下子一下子地打好，然后再把纸花成扇形，才能到坟地里烧。我和父亲一边"花钱"，一边聊着。

"小的时候，村子里人欢马叫的。这咋霜打的一样，无声无息了呢？"

"打工的打工，进城的进城。村里就剩这些老弱病残和上学的孩子。"父亲叹口气，又接着说，"这日月过的，真想不到！你看看咱村里，墙倒屋塌的，像又回到解放前了。真是越过越没劲。"

我自清明那次回来后，一直没有回村。这中间，父亲在城里我们哥弟几个那儿住了几次，但总也不到两个月。父亲八十三岁了，他说一辈子在乡里的小院住，惯了，住在城里像坐牢，憋屈死人。回来就回来吧，人与人是不一样的，你觉得城里好，别人却把它当成牢笼。反正现在也方便，时时都能电话的。见父亲对他的乡村十分的不满意，我就找着话题儿宽他的心。我蹲得有些不舒服了，父亲就让我起来坐着，他一个人在花地上的纸钱。

纸钱花好了。父亲拾起地上的那张百元票子，正要往上衣袋里装，却突然像想起了什么，随机手就停在空中。他要干什么呢？我猜测着。这时，父亲又从衣袋里掏出一块百元的票子，加上刚才那张，正好两百元。他看着我，有些不好意思地说，"给，这是羔子家退回来的。人家说你不回来吃大席，只收两百！"

羔子住在村西头，比我大两岁，我俩从一年级都在一个班里上学。

应该说，我俩小时候关系是相当好的，但后来我考上了大学，他窝在了村里，我们的隔膜就一天一天地长厚了，以至偶尔见面竟也很生分；像其他人之间一样，递支烟，笑一下，寒暄几句，他便匆匆的离开。

两个月前，就是快要过中秋节那几天，父亲突然打来电话说，"羔子从马鞍山运回来了，赤脚光蹄的。你可回来烧张纸。"我举着电话没吱声，心里算了一下，他才四十五岁呢，怎么说走就走了啊。我的心像被针扎的一样，一阵一阵地疼，他毕竟只比我大两岁呢。我本来是想第二天回来的，但夜里我翻来覆去地睡不着，最后还是决定让四弟回村替我把花圈送上，把礼往上。因为，我真的不想看到羔子从手术台上背回来的样子。

我吐了口烟，望着父亲说，"怎么又退了两百的礼呢？"父亲表情平静地说，"这是规矩，往礼不吃席的，退一半回去。"这时，父亲把钱递给我。我摆着手，心想父亲怎么这会儿也给我客气起来了。父亲分明是看透了我的心，就笑着说，"给死人往礼的钱，我不能要，不吉利！"我笑了一下，连忙接了过来。

父亲也起了身，他用胳膊夹着打好的纸钱，我拎着鞭炮，两个人便走出小院门。这时，太阳突然从云彩里探出头来，透过微风下稀疏的树叶照下来，地上便斑驳陆离地晃动。

父亲走在前面，我跟在后面，我们要出村到祖坟地里去。这样的时刻，多少有几分肃穆，我们爷俩一时没有了话，任地上的树叶在脚下沙沙地响。

到了村口，我突然被一种声音惊住——这是古琴声。

莫不是三弄叔又在抚琴？我向琴声飞出的小院望了一眼，便确认这就是三弄叔的小院，残垣断壁上衰草摇曳，唯有那株带刺的仙人掌，从墙顶蓬勃着向下蔓延着。于是，我立住了脚，这琴声久违了二十多年啊。

这时，低婉深沉的琴声宕开一幅与其说是雪夜，倒不如说是霜晨的画卷：苍茫大地，万木凋零，唯有梅花铁骨铮铮、迎寒傲立；高声滑过，一股清新寒冷的带着初升朝阳气息的山风，伴着轻盈虚飘的琴音，扑面而来；琴声渐缓，如幽溪穿月，让我一下子进入了恬静、安详、远离凡尘的境界；突然，高音又起，沉浑穿透，犹如破空而来的天籁，直入我心。

这样的时刻，这样静谧的乡村能听到这样的琴声，我真的要醉了。

这时，父亲喊我了。我犹豫一会儿，还是回望了一下弥漫着琴声的小院，向父亲走去。

"三弄叔这琴声，真是太美了。窝在乡里一辈子，真亏！"

"亏？他作了一辈子呢。老天能让他安生地走，就算对得起他了。"父亲不以为然的话里，似乎还夹带着更为复杂的叹息。

"我觉得他挺好的啊，一辈子能文能武能伸能缩的。"我不解地说。

"你知道个啥？人在作，天在看。唉，他呀，开始遭报应了啊！"父亲又叹了口气。

我真的不解，父亲怎么会对三弄叔这个态度呢。他们是一个亲爷的堂兄，只比父亲小七八岁，今年也应该七十四五岁了吧。在我的印象中，三弄叔年轻时英英武武的，当过大队的治保主任，也当过大队的民兵营长。每次，只要在村口听到他高脆亮堂的咳嗽声，我就知道他准是又从大队部开会回来了。于是，我心里便喜得怦怦直跳，因为，晚上他肯定要给全村子里人开会了。我们孩子们，便有了热闹，可以围在大人四周，喊喊喳喳地疯来疯去。

这个时候，马灯下的三弄叔，总喜欢挥着手，像电影里的一个人，声音很高的说着什么。但现在的三弄叔，又是个什么样子呢？我已经有三年没有见过他了。还是三年前那次回来，我见了他一次。那天，他正好从窑场回村子，就碰到了一起。记得，我还递给他一支烟，给他聊了几句。他说，他在几十里外的地方给人家看窑场，身子骨还可以，自挣自吃过日月。

但那天，我突然觉得三弄叔以前的豪气跑得无影无踪了，人像被抽去气的皮球，软塌塌的，又像一只霜打过的老茄子。这是从什么时候开始的呢？

　　想到这些，我也不由得生叹。唉，人生无常啊。

　　这时，父亲又开口了，"人啊，虽说是吃土还土，可阳世上走这一遭可不能错了步，一步错步步错，报应就会找上门的。"

　　听着父亲这话，我觉得在父亲的心里肯定是对三弄叔是有意见的。或许，三弄叔在父亲心里是有着不可饶恕的过错的。不然，八十几岁的父亲不会突然是这个样子。于是，我便想知道，到底在三弄叔身上发生过什么。

　　"爹，你咋老说报应呢。有些事儿，也许不像你想的那样呢。"

　　父亲迎着微风向前走，并不回头看我，而是说，"离地三尺有神灵啊。羔子不也一样吗。人家都老老实实地出去打工，他却带着闺女放鹰，这不，闺女被人打死了，他也得了恶病，说走就走了。这不是报应，是啥！"

　　父亲突然把话扯到了羔子身上。我知道，他是不愿意再说三弄叔的事了。

　　可是，三弄叔的几十年前的事儿，却从我的脑里子浮现出来，越来越清晰，就像正在发生着的一样。

　　那年腊月，冰琉璃挂满了屋檐，我整天缩着头、两手插在袖筒里、弓着腰、不停地跺脚，天实在太冷。清水鼻涕也没完没了的往外淌，我根本不想理会它，就抱着胳膊用两个袖头擦，两只袖头就明晃晃地泛着青光。那天晌午，我刚从学校回村，就听到三弄叔那高脆亮堂的咳嗽声，我一下子兴奋极了：又要出大事啊！可不是吗，早上一到教室，老师就铁青着脸让我们掏出语文书，把第十页十一页撕了交上去。这篇课文是已经学过的了，里面有一个叫邓小平的人说的什么话。

　　当天晚上，三弄叔果真又把村里的大人们弄到喂牲口的牛屋里开会。屋子中间的火堆冒着呛人的烟，人们却不敢大声咳嗽，实在呛得不行，就在肚子里咳嗽几声，整个会场不时传来吭吭哧哧的咳嗽声。三弄叔举着报纸在念，我分明听到是"反击什么风"。我在门外面，挨不到火堆里的一点热气，冷得有些抖。就在心里骂，是该反风了，天都想冻死人了，还要什么风呢。

过的有三四天吧，那是个下午，村子里突然响起了铜锣声。这个时候，我好像正在掏麻雀窝，不知道发生了什么事，便把两枚光秃秃的麻雀蛋又放进墙缝里，从梯子上跳下来，飞奔着朝铜锣的声响跑去。

铜锣声是从打麦的场里传过来的。我跑过去时，大人们已经将麦场围成了圆圈。我弓着腰，从大人的裆间挤进去，才看到里面的情景：一辆板车上装着四根水桶一样粗的木头，三弄叔两手掐腰，身后是两个褂子外面扎着宽腰带、背着长枪的民兵，板车前站着一个穿单衣的年轻人，脖子上挂着一个纸牌子，牌子上用墨汁写着"地主小偷汪国庆"，"汪国庆"三个字还打着血红的×。

这时，三弄叔突然厉声喝道："这木头是你偷的！"

"是。"

"是你一个人偷的吗？"

"是。"

"不老实！你一个人能装上去？"

"能。"

"卸下来！再装上去！"三弄叔的声音像从地底下发出来的。

于是，汪国庆开始御板车上的木头。他用腿顶着板车框，弓下腰，用肩先顶着根木头，一咬牙，用力向上便把木头杠起来，腿离开车框，再一用劲，就把木头搁在地上。这时，他脸上的汗，便淌下来。接着，第二根、第三根、第四根。当第四根木头搁在地上的时候，他蹲在地上，单衫已经被汗透，贴在背上，放着光。

这时，麦场上响起来高呼声，"打倒地主小偷汪国庆！"有几个妇女虽然喊着，但脸上却写着可怜兮兮的痛。

汪国庆在人们的呐喊声中，站起来，低着头，呼呼地喘着气。

人们喊得都累了，声音便渐渐小起来。这时，三弄叔开口了，"装上去！"

"嗯。"

卸下来容易，装上去难。但汪国庆毕竟是有把力气的，那时他也就十八九岁吧。按说，正是有力气的时候。

大概有一个小时，汪国庆终于把四根木头又装上去了。我当时蹲在地上，并没看清他是如何装上去的。但有一点，我是看清了，当四根木头装上去的时候，我分明看到汪国庆从嘴里吐出了一口红痰。

三弄叔也看到了，因为我俩的目光是在那块红痰上碰在一起的。于是，他就举起手，带着头喊道："打倒地主小偷！"麦场里的人们又跟着喊起来。

喊声停了。三弄叔又说："走！到张楼村去！"

汪国庆走到板车的两个把之间，挂上车攀绳，把板车按平，吃力地拉动了车子。

一路上，我都在回忆三十多年前的事儿。这回忆当然是由三弄叔引起的。关于三弄叔的事儿，我见到的我听到的也真不少。粉碎了"四人帮"，那年我还在上小学。就是在那年冬天，三弄叔突然被人用绳五花大绑着，从村子里押走了。大概有一年多时间，他才回到村子。后来听说，这事还是跟汪国庆有关，因为他在"汪国庆"三个字上打了血红的×。这之后，三弄叔就不再是大队干部，又成了一个普普通通的庄稼人。

我与父亲到了祖坟地的时候，多少还是出乎了我的意料。几十个坟头上，都盖着一层干草，凄凉阴冷。在我的印象里，祖坟地还是清明时的样子，紫色的小花迤逦地开着，青色的杂草，像绿色的花环一样，芬芳四溢在一座座坟墓四周。当真是到了寒日，连我这美丽的记忆也都被这时令，一扫而去了。

我燃放了鞭炮，父亲先给太爷，再给爷爷烧了火纸，然后才开始给母亲烧。我给母亲自然烧得多，而且还烧了几打冥币。对死人也是有亲疏的，这就是人之常情。母亲坟前的火纸伴着飞起的灰片飘向空中，父亲便说："给每个坟头都烧几张吧。"

我与父亲把剩下的黄裱纸点着了，快步走着，分别在每一座坟头前丢下几张。整个坟地，便烟雾缭绕起来。

烟雾慢慢散尽。我与父亲又站在那里，吸了支烟，才离开坟地。该是吃晌饭的时间了。

走出地头，父亲突然停住。他用手指着右边地里的那片坟头，声音很低地说："那是老汪家的坟地。走的走，死的死，十来年没人来上坟了。黄土不光吃人，也快把坟吃完了！"

我抬眼望去，那边几座坟确是算不上坟了，也就尺把高几个土堆。我知道，这是汪国庆家的。汪家曾是富裕人家，很久以前是有几百亩土地的。但从祖上都会制琴和弹琴。听说，三弄叔七岁的时候就被送到汪家学制琴和弹琴。这样说来，他叫汪国庆的父亲应该是叫过师父的，他与汪国庆也是曾经十分亲近的。

这时，我又想起先前三弄叔押着汪国庆游街的事来。

于是，我便问父亲："三弄叔真跟过汪家？"

父亲对我的话有些诧异，扭着头说："这还能假。七岁去的，在人家一待就是八年，后来才回的。"

父亲说着这话，语气里流露出对三弄叔的不满来。"忘本啊。国庆那孩子要不是三弄，能走得那么早吗。"这时，我也想起汪国庆的死来。那次游街之后，他就得了吐血病，两年多吧，他就不声不响的殁了。

想到这些，我的心里不是个滋味。平日里没往深处里想，现在想来，我们这样一个小小的村子里，竟有这么多恩恩怨怨，说不清道不明的事呢。一路上，我便不想再说什么。父亲也不想再说什么，他依然在前面走着。他虽然八十三了，可走起路来，还咚咚地响。

进了村，没走多远，又到三弄叔那个小院前。

这时，琴声还没有停。我便又站住。父亲知道我还是被这琴声勾着，就没再说什么，只顾自己朝前走去。于是，我便转向三弄叔的小院。

琴声越来越清晰。我站在院门口，不想惊动这琴声。

我知道，这是古曲《梅花引》。我还知道，这琴声已经进入第二部分：旋律急促刚健，节奏大起大落，跌宕多姿；琴声散、泛、按三种音色不断变化，时而刚劲浑厚，时而圆润细腻，时而急徐清秀、悠长飘逸。我的眼前分明看到，一株红梅于风雪中昂首挺立、临风摇曳，铮铮铁骨、冷香四溢，已是悬崖百丈冰，犹有花枝俏了。

过去，应该是二十多年前听到三弄叔抚琴的。但那时是不懂琴声的，更体会不到他竟有这般琴艺。于是，我对三弄叔便有一种敬佩的感觉来。

这时，琴声进入了最后一章。寂静的琴声于喧嚣之中，趋缓婉转，袅袅回旋，欲罢不能，恍惚迷离无定，神秘虚无。我不禁想起，"三弄魂消七弦琴绝西窗月冷香如故，千回梦断一阕曲终浊酒更残韵未休"这句话来。

我正沉浸在遐想之中。突然，一个高音颤过，琴声戛然而止。

我醒了过来，疾步走进院里。只见三弄叔正坐在堂屋的当门，两手抚琴，喘着粗气。

见我进来，三弄叔并没有站起来。看得出，他的身体太虚弱了，已经无力站起。我按着他的手势，在东边的条凳上坐下。掏出一支烟，递过去，并给他点上。三弄叔吸了口烟，身体好像缓过来一点儿劲，便说，"今儿个回来的。"

"嗯。"

"该给你娘送寒衣了。"

"嗯！"我一边应着，一边看三弄叔面前的那架琴。

这是一架仲尼琴。琴体的腰部和头部有两个凹进的线条，通体没有任何修饰，简捷、流畅、含蓄、大方、内敛。琴面是梧桐老木，琴底应是古梓木，灰胎生漆使琴从里到外透出苍松脆滑、拙朴古雅来。

看着这琴，我便问："叔，琴是你斫的？"

"嗯。"

"有这手艺，咋不制几架卖呢。城里流行着呢。"我说。

"唉，琴有命。降不住她了。你看，弦都断了。"

"听爹说，你的身体也不好？"我想起父亲说过的话。

"这一世作够了。肝子坏了，心也快死了。"三弄叔平静地说。

三弄叔对我的到来，无惊无喜。话也咸一句，淡一句的。我知道，我与他之间不可能再有什么话可说了。于是，我站起身子，说："叔，我走了。你多保重啊！"

"走吧！我也累了。"

　　我走出屋门的时间，三弄叔是想站起来送一送的。可他最终还是没有站起来。当年那个英英武武高声大气的人儿，怎么会是这个样子。日月真是吃人呢，一天一天的吃，吃得你毫无戒备。

　　我在心里叹着气，离开了三弄叔的小院。

　　残垣断壁上衰草摇曳，唯有那丛带刺的仙人掌，从墙顶蓬勃地向下蔓延着。

　　晌午的阳光下，小院依旧温馨慵懒着。

　　补记：

　　回城半个月后，父亲打来电话，话语平静地说：三弄，跳塘死了！

　　我现在回想起来，他走的原因应该是从几个月前他家的那场变故吧。那是一个满眼翠绿的夏天，三弄叔唯一的儿子突然被抬回了村子，他是被城里的汽车轧了，轧得鼻子眼都分不清了。一个月后，三弄叔也病倒了。再过半年，三弄叔的儿媳妇带着儿子也走了，走得无声无息，没影没踪的。三弄叔一个红红火火的大家庭，说散就散了，散得雨骤风停，无根无由的。

　　三弄叔出殡那天，我赶回了村子里。他的丧事办得很潦草，这也是自然的事，因为他儿子死了，媳妇已经走了，家里一个人也没有了。送走他的当天晚上，我跟父亲睡了一夜。快到天亮时，父亲吸着烟说："他不亏，为了做琴的那几根木头，硬是把国庆这孩子的命糟蹋了。"

　　难道真是为了得到那几根做琴的古木，把国庆污为小偷的吗？这是我从没有想过的，现在我也不全信。兴许，三弄叔并非单单是这个私心，这里面可能还有什么隐衷呢。

　　离开村子的时候，我看到三弄叔的新坟就矗在我们那片祖坟里，若隐若现。明年的这个时候，新坟就变成旧土了。寒日那天，我也会给他烧一打纸钱吗？

　　我在想。

寻找花木兰

　　这么给你说吧，一年前接到艾文化电话时，我还是很吃惊的。

　　毕竟这三十多年我们没见过一次面，电话也就通过四次还是五次，都记不太清了。大约他考取大学后给我寄过一封信，但我给他回信后却再没有等到他的音讯。我们之间就这样断了四年联系。他大学毕业后分到省人事厅，从办公室给我打过一次电话。那时，我刚师范毕业分到一所农村中学，我弄不清他是如何知道我所在的学校，并打电话过来的。八十年代中期打长途电话不是件容易的事，得七转八转才能接到。那天，他的确很兴奋，大学刚毕业竟分到省人事厅这个好单位，他没有理由不高兴。

　　这通电话过后，他又消失了，无影无踪。后来，我到省城去，好像有什么事想找他帮个忙，曾试着给人事厅打过一次电话。接电话的人说找不到艾文化这个人，我也就没有去找他。一晃十多年过去了，六年前一个春夜，我的手机不停地响，接通后竟是艾文化。那天晚上，他似乎是喝多酒了，话颠三倒四的表述不太清晰，好像是说自己当了副处长，要我去找他。这个时候，我已经辞去教师工作在深圳混了十来年，有家自己的公司，有了点底气，但却很少回去了。那天，我还真动了要去找他叙旧的念头。可过几天再打那个手机，竟停机了。嘿，真是怪了，他就像个幽灵，那绵软的声音总是突然冲进我的耳朵，但我要找他时，却消失得无根无由的。

　　这个艾文化呀真是有点让我不好说。怎么说呢，我觉得他就是一个谜，总让人猜不透。当然，我为了生意上的事也没太多闲心去想他，毕竟我们只是同学时的交往，现在没有一丁点儿回忆之外的瓜葛。

这通电话里他依然像喝多了酒，吞吞吐吐，颠过来倒过去。但我还是弄明白了：他要到我老家所在的故原县挂职担任县委副书记……他问到我俩小学和初中的一些同学……他特别打听了女同学"花木兰"的情况……他说他要去寻找花木兰，帮她做点什么……他还说他小学四年级时就喜欢上花木兰，这些年一直不能忘记……他似乎对花木兰这三十多年的生活轨迹非常清楚，说得有鼻子有眼……但他找不到花木兰了，希望我能帮助找到她的联系方式……这更出乎我的意料，这些年他对花木兰还真上心，我跟小学同学基本都没有联系了，更不知道花木兰的近况。

这次电话之后，我被拉回到对往事碎片的回忆中。

艾文化是我小学三年级到初中二年级的同学，而且同桌四年。现在想起来都有点不可思议，为什么升入初中后我俩还一直在同桌呢？但事情就是这样，虽然时光过去了三十多年，同桌时的情形不仅没有淡忘，反而越来越清晰，像细雨中的树叶支支楞楞着鲜活。

应该是1974年正月。开学的第一天，春节过后麦地里的积雪东一片西一片还没化净，太阳下闪着亮光；通往学校的土路上刚化了冻，水和黏泥连在一起，脚踩上去再抬起来都有些费劲，但我还是欢欢喜喜地来到了学校。上课后，班主任孙老师进来了，他后面跟着一个腼腆的孩子，细高细高的，脸也出奇的白，与白菜叶有一比。同学们立刻静了下来，一个新同学来了大家都感觉很兴奋很惊奇，想听听老师如何说。这时，孙老师领着这个孩子走到我的桌子前，用手一指，他就坐在了我的旁边。这就是艾文化。

后来，我和同学们慢慢知道一些关于艾文化的事儿。他是刚从城里下放到沟头村的下放户，一家人都下放到农村了，自然他就从城里的小学转到我们班上。刚开始几天，艾文化有明显的优越感，不跟同学说话，就连我这个同桌也极少说话，似乎怕我们听不懂他的话一样；下课了，同学们都疯子一样跑啊闹啊，他却从来不参与，有时别的同学碰到他了，他会一遍一遍拍打蹭到身上的土；他说话的声音也跟我们不一样，慢腾腾的软绵绵的，像广播里的播音员。总之，他与我们不合群。

这自然恼怒了同学们，我们都说他"烧包"。在我家乡说一个人装大、不理人就说他烧包，这是很让人生气的。开始两个星期，同学们还都不惹他，后来就不一样了。那天中午下课后，刘玉兰突然说："艾文化是坏孩子！"全班同学立即齐声喊："坏孩子！坏孩子！"喊着喊着刘玉兰就走到他面前，伸手拧住他的耳朵。艾文化的耳朵像一块橡皮泥被拉得很长，很薄，我竟看到了被拉长耳朵上的几根红红的血管。当时，艾文化竟没有哭，一句话也没说，直到老师进了教室，刘玉兰还拧着他的耳朵。这个刘玉兰就是后来的"花木兰"。接下来我讲到她时，你就明白了。

还接着说说艾文化的事儿。半学期后，他突然变了个人一样，跟我们没有两样，一下课就开始打打闹闹的什么好玩的，就是打打闹闹，你抓我一下我踢你一脚的。那时候，我们男女同学一起闹腾，不像现在的孩子早熟，上幼儿园就一对一对的小恋人一样。当时，刘玉兰还不叫花木兰，但她是班上最泼皮的女孩，比男孩子还男孩子呢。现在想来，一是他爹是生产队长，从小没有人欺负过她；再者，她天生就像男孩子一样泼皮。当然，现在这种具有男孩脾性的女孩子不多了，尤其在城里，一个个像温室里的豆芽菜一样娇嫩嫩的。

记得，好像是秋天或者是夏秋之交吧，反正都穿着单衣。

下课了，同学们兔子一样冲出教室。刚出教室门，艾文化就大喊："我有糖果！"喊罢，一只手插在裤兜里，另一只手捂住那个裤兜，弯着腰跑了。

刘玉兰撒腿就撵，我和其他同学也跟着撵过去。学校是一座破庙，就前后两节院子，艾文化围着院墙一圈一圈地跑。刘玉兰快要撵上他时，他两只手都从兜里兜外撒开，甩着两只细细的长胳膊转圈跑。其他同学就扯着嗓子喊："抓住艾文化！抓住艾文化！"他已经大张着嘴喘粗气有些跑不动了，刘玉兰紧跟几步抓住了他。艾文化倒在地上，刘玉兰用腿跪着他的一条腿，手就插进他的裤兜里。这时，突然听到他一声大叫，"我的蛋啊！"那天，艾文化捂着裆部哭了半节课。孙老师训刘玉兰时，刘玉兰说："他骗人，说兜里有糖果，我猛伸手去掏时里面啥也没有，就抓住了他的蛋蛋！"全班同学一阵大笑。

现在想来，艾文化对刘玉兰的暗恋，也许就是从那次抓过他蛋蛋开始的。

如果不是这次抓蛋事件，那肯定就是一年后的铁饼事件了。一年后的一个春天，小小的操场边长满了一圈青草，还开着零零碎碎的花儿，有蓝色的、有黄色的、有粉红的、有白的，四散在青草丛中。那天中午有一节体育课，体育老师"黄大个子"教我们掷铁饼。第一次学掷铁饼，我们都很兴奋。黄老师做过示范后，就让同学们排着队一个一个的试着掷。刘玉兰是体育班长，她是第一个掷的。黄老师对他很满意，就表扬了她一番。记得轮到我时，铁饼拿在手上沉沉的，我很激动，但扔偏了，引来同学们一阵大笑。接下来，黄老师就让刘玉兰辅导我们掷，他倚在那个破篮球球架子上抽起了烟。

轮到我第二次掷时，刘玉兰就走过来给我示范，我当时想她也不是要给我示范，肯定是想多掷一次吧。但我没有办法制止她，因为她是体育班长，又是黄老师让她教我们的。刘玉兰握住铁饼，迈出左腿站稳了，抡起右臂，晃了几下猛地甩了出去。突然，就听到艾文化大叫一声倒在了地上。原来，刘玉兰掷滑手了，铁饼正好拍在艾文化的左脸上。我们都被吓坏了，有谁突然喊，"艾文化死了！"黄老师跑过来，用手在艾文化鼻子上晃了晃，又用手掰了掰他的眼皮，一屁股坐在了地上。

艾文化并没有死，他醒来后脸却肿得像块高粱面饼子，紫红紫红的。后来，他的左脸至少有半个月都比右脸大和厚，最让我不能忍受的是他左耳朵开始不断地流黄水，黏黏的粘在耳廓里。要是别的孩子被刘玉兰弄成这样，家长肯定要跳着脚骂几次。艾文化的父亲和母亲却没有去找刘玉兰的爹，听说还把艾文化骂了一顿，"不长眼，咋偏偏就砸着你了，砸死都不亏！"刘玉兰是感觉理亏的，她常常把一团雪白雪白的棉花塞给艾文化，让他擦耳朵流出来的黄水。有时，还偷偷地从家里拿东西给他吃。我就好几次亲眼看见，她塞到他书包里的芝麻面饼，香喷喷的，弄得我听课都没有心，有一次竟流出了口水。更让我想不到的是，从这次铁饼事件后刘玉兰变了个人儿一样，突然安静起来，也不再闹腾，竟有几次见着艾文化脸都红红的，红苹果一样。

后来，据艾文化跟我说，刘玉兰常常找他一起玩。那时，下午是不上课的，我们农村的孩子也没事干，有的放羊有的割草，多半是边玩边干。艾文化与刘玉兰之间究竟发生了什么，都在哪里玩的，我现在也不清楚。他的耳朵应该是流了一个夏天的黄水，当然也许时间更长，因为放暑假后我也就不知道了。秋天，开学的时候他的耳朵好了，不再流黄水了。但就是从这时，我也明显感觉到刘玉兰没有从前对艾文化好了。虽然，我那时并不明白是怎么一回事，但我还是细细暗中观察过他们俩的。

　　1976年春节过后，我们升入了初中。那时叫"连盘端"，就是直接从小学五年级都升入中学了，也许这才使我与艾文化仍然是同桌。这一年，事儿真是不少，先是说要地震人们都睡在窝棚里；后来毛主席死了，生产队和学校到处一片哭声；再后来，又说打倒"四人帮"了，学校也开批判会，牛头马面的四个人弯腰站在会场中间，我们在老师的带领下，举着拳头呼喊……到了春节，突然在学校门口搭起了戏台子，唱起古戏来。那时，我是第一次见这些穿着长袍戏装的人，稀奇得很呢。后来，又在大队部唱过几次，戏台口两个汽灯咻咻的冒着扎眼白光，台上台下都欢天欢地的。

　　这么着过了半年，也就是一学期吧，再开学时却不见刘玉兰来上课了。老师说她退学进了戏班，学戏去了。戏班就在离学校几里路的龙湾集上。我从此再没见过刘玉兰，关于她的消息从同学嘴里不时听到。她学的是豫剧，说是唱花木兰。从此，在我们同学口中刘玉兰就变成了花木兰。要想欢进戏班，想必那段日子花木兰一定是开心死了。

　　上初二的那个冬天。放学时艾文化让我晚走会儿，他有事要给我说。听他说话时声音更加软绵，而且神神秘秘的，我觉得他可能有大事要给我说。果真是不小事，他说他们家要迁回城里，不在这儿上了。我听后，感觉很突然，说走就走啊！最后，他又红着脸求我说："今儿晚上龙湾集有戏，她在那里。你陪我去找她，好吗？"说实在的，这个时候我挺喜欢艾文化的，何况他要回城，从此就见不到了，求我办这点事，我没有多想就答应下来。

　　冬天，天黑得快，我俩到了集上天已经黑透了。但戏台那边的汽灯挂上后，立刻明亮起来。艾文化远远地站在戏台外面，让我去后台找花木兰。现在，我才知道他让我陪他来的意图，就不好推脱，笑了一下向戏台后面走去。戏台后面被一圈秫秸秆编的箔围着，里面不少人嘻嘻哈哈的在化着妆。我伸头向里里看了一下，想找花木兰，一个画着红脸的男人就吆喝着让我离开。我又向里面伸了一次头，里面不少男男女女都画了脸，穿着戏装，根本认不出真人儿。于是，就退回了艾文化身边。

一通开场锣鼓，接着戏就开演了。我和艾文化转到了戏台前面，瞪着眼瞅戏台上的人。我俩都在找花木兰。由于心里想的全是花木兰，戏台上都唱了什么根本入不了耳朵。这场戏是《花木兰》，她演的又是花木兰，她肯定是要出来的。但我俩的心急得要命，她能立即出场才好呢。

感觉过了很长时间，艾文化突然拉紧我的胳膊。花木兰威威风风的一身红装，终于出场了。锣钗鼓笙伴奏声中，洪亮圆润的声音扑了过来：刘大哥说话理太偏，谁说女子享清闲；男子打仗到边关，女子纺织在家园……

艾文化一直盯着台上的花木兰，我分明看见他额头上渗出一层汗来，在汽灯白光的照射下银闪闪发亮。由于我俩的心并不在听戏上，后来再唱的什么都记不清了。唱到后半场，艾文化拉着我的手走出来，绕到戏台的后面。艾文化让我去后台口那里等花木兰，等她下台的时候叫她。我是有些为难，但敌不住他的苦求，就硬着头皮过去了。锣鼓声中，花木兰下场了，另一个演员上场了。就在这之间，我拦住了花木兰，急急地说，"刘玉兰，艾文化找你！"她一愣，这时艾文化就过来了。花木兰犹豫一下，站住了。我向后一退，花木兰随着我向外走两步。这时，艾文化从怀里掏出一包东西递给花木兰，小声说："我要回城了。这是甘草，你可以润嗓子的！"花木兰没有去接，想说什么还没开口，就听一个男人喊道："玉兰，准备上场！"

第二天，艾文化就离开学校回了城。花木兰呢四处演戏，似乎很少回来。即使回来过，我那时在学校里也不可能见上。从此，我与艾文化和花木兰他俩都再也没有见过面。有关花木兰的事，后来也影影绰绰地听说过一些，但都忘记了。据说，花木兰后来经历了许多变故，这些变故都是半年前艾文化在电话中，断断续续给我说的。

现在，再折回来，从一年前艾文化给我打电话说起。

大概那次电话一个多月后，艾文化的电话又打来了。他说，他到故原挂职县委副书记了，而且还回了龙湾集一趟。他托人打听关于花木兰的消息，但没有找到她。只是听说花木兰跟戏班里一个老男人结婚生子后，又离婚了，好像这个孩子在前夫那里十几岁就死了；后来，豫剧没人听，她改唱流行歌曲，又随一个大棚歌舞团到了南方，在街头演出；她又结过一次婚，生有两个儿子，又离婚了；再后来，说她在南方某城夜总会唱歌，孩子就放在老家由她母亲养着；好像前几年她得了病，流落到一个小县城里……

艾文化在电话里就是这样断断续续说，我也听不出真假。放下电话，想了一阵子，就把这事给忘了。毕竟生意上的事多着呢，又加上次贷危机弄得公司不死不活的，我也没有闲心去想这些事儿。人总是这样，当自己的事还忙不过来时，肯定不会对与自己没有多大关联的事上心。

南方城市的年味很淡，见街上都在卖春联，我才想起又一年要过去了。穷人富人年不等人，年总是要过的。那天，我晚上从家里出来，走到大街上卖春联的摊子，是想找一副吉利的春联呢。

这时，我的手机响了。一接，原来是艾文化打来的。

他声音有些激动，根本不给我插话的机会，声音不停地涌过来："这二十多年在机关快要憋死了，二十多年装孙子一样才混个副处；现在到了县里，当了副书记那才感觉什么叫人生得意……终于找到了花木兰，她已病得丑得可怜得不成样子，过去那美好的感觉一点也没有了，真后悔见到她……毕竟喜欢过她快三十年了，要为她做点事情；开始的时候给她一些钱，后来她就让给她儿子安排工作……她两个儿子，安排了一个还要安排另一个，而且天天来县委找，那阵势肯定是想与我结婚……"

那天，他电话打得足足有一个小时，我的手机都发热，感觉很烫手。但他仍没有要结束的意思，一直到我的手机没电自动关机了，耳边才算没有他的声音。我突然觉得似乎不认识艾文化这个人了。这一切都是真的吗？我就像做梦一样。这次电话后，我老是害怕艾文化再给我打电话。我不知道这种担心从何而来，反正就是担心。

我在深圳十几年了，对四季的变化已经快麻木，春夏秋冬的概念很模糊，只对阳历的月份敏感了。三月过后，生意渐渐好起来，我的心情也好了许多。那天，我谈了一个订单后心情很好，一个人坐在茶楼里想让自己安静一下。就在这时，手机响了，本不想接电话的，见是陌生号码，怕错过生意就接通了。没想到，打电话的竟是艾文化。

这次他声音很痛苦，本来软绵的语调更加无力了。他说：快被花木兰缠死了，她得了重病住在县医院里，不停地给打电话过来，不停地给要钱……真没想到，原来深爱的那个花木兰会变成这个样子……她确实是需要钱，但我的钱也不多，十年前就离婚了，那点儿工资还要给儿子抚养费……求你了，你是老板，能不能给她点钱，让她放开我……

怎么会是这个样子呢？我放下手机，心里很不是个滋味。

我想，也许艾文化所说是真的，我那个同学花木兰现在确实很不堪，很需要帮助。当时，我决定拿一些钱帮助她，毕竟她是自己的同学，毕竟自己现在也算是有资产的人了。但冷静下来，一种担心便生长出来：如果我拿钱去帮助她，会不会也被她缠上呢？会不会也被艾文化缠上呢？想着，想着，我心里就越发没有了底儿，最终还是改变了想法。说实在的，我不是心疼几万块钱，我是怕被一种看不到的东西给缠上了。现当今，好心扶起倒在街上的老太太都能被讹上，何况花木兰和艾文化都是自己小学同学呢。

于是，我就强迫自己不再去想艾文化和花木兰。他们能从我脑子里消失才好呢。

两个月前，这件让我头疼的事还是来了。我接到一个订单，但这个订单要到客户所在的H市去签。艾文化就在这个省会城市H市，我怕到那里突然碰到他。在心里斗争了两天，但最终还是决定去。做出这样的决定基于两点，一是，不想放弃这单生意；二是，艾文化正在故原县挂职，在H市碰到他的概率应该是很小的。

飞机降落在H市机场时，我还是有些担心。但出了机场，这种担心就消失了。面对我的是一单要谈的生意，不允许自己多想了。

生意谈得很顺利，很快就签了合同。那天晚上，我喝了不少酒，为了生意喝酒是常有的事。客户走后，我回到房间，抽了支烟，心情便十分的好。现在才九点多，睡觉显然是有些早。于是，我决定到酒店旁边的街道上，走一走。明天早上就要返程，来一趟不出去走走老窝在酒店里，感觉有些遗憾。

出酒店就是一条繁华街道。我漫无目的地晃着，不时向路边的门店望着。大约走了不到十分钟，就看到前面有一个招牌"哥弟"。我突然被"哥弟"这两字所吸引，我平时很少见这个品牌，但今天却感到从没有过的亲切。我快步走过去，一个小姑娘就笑着说："老板，进来看看！"我本来就是想进去的，笑了一下，走进店里。我只是想进来一下，并没有想买什么，漫不经心地瞅着。在店里转了半圈，就准备出去。

这时，一个打扮时尚的中年女人从里面走过来。她走到我面前，仔细地看着我，我被他看得有些不好意思，就抬起脚想离开。我刚走两步，这个女人就突然叫起来，"周大头！"我猛地停住，心里咯噔一下。这时，女人一步跨过来，大声说，"你是周大头吧！我是刘玉兰呀！"

啊！刘玉兰？！我脑子一片空白。她果真是刘玉兰，也就是后来的花木兰。我俩坐下来的时候，我还觉得是在梦中，一点都不真实。可当她说起同学时的事与人时，我才确信这真是花木兰。难道艾文化这一年来几次电话都是假的？或者，给我打电话的那个艾文化从一开始就是我的幻觉。我与花木兰谈话时，几次掐自己的手，一直怀疑自己是不是清醒。那天晚上，花木兰很兴奋，说到了一些自己的经历。她不唱戏后是唱过歌，也离过婚，后来就到省城做生意了，而且现在有一个幸福的家。我一边听着，一边疑惑，分不清是真是假，包括眼前的这个花木兰。

与她分手时，我问她关于艾文化的事。我没有直说艾文化的那些电话，只是问她见过艾文化吗？花木兰显然想不起来有个叫艾文化的同学了，一脸的迷茫。我再三提醒后，她才咯咯地笑起来："想起来了，想起来，就是那个被我抓过蛋，被我用铁饼碰过的小白脸！"

回到酒店，我一直不能入睡，一夜都没睡，就坐在沙发上不停地抽烟。我盼着天亮，我一定要到人事厅去问一问是不是真有艾文化这个人！

天终于亮了。我洗了把脸，早餐都没吃，就打车找到了人事厅。

还没到上班时间，一个年轻的门卫睡眼惺忪的。我走上前，递去一支烟，小心地说："同志，我想问一下艾文化可在这里上班？"这个年轻的门卫，转动着手里那支烟，想了一下，就说，"没有这个人啊！"我急了，又笑着说："小兄弟，你再想想，有没有个姓艾的，副处长，四十五六岁！"这个门卫转过脸来，看了我几眼，那支烟又在他手上转着。

我还想再问时，他突然大声说："啊，你是他啥人？"

"小学同学！"

"啊，小学同学啊，你没听说呀？他失踪几个月了！唉，他女儿经常来这里要人，厅里被缠得没法子，公安局都四处贴照片找呢。"说着，无奈地摇了摇头。

"他不是到下面挂职了吗？怎么会失踪呢？"我急切地问。

门卫有些不耐烦了，皱着眉头说："嘿，咋说呢，就是要下去挂职没去成，才得了抑郁症的！"

我的脑子里突然一片空白。腿一软，就要倒下。小门卫伸手扶住了我。

这时，通红的太阳正好照在我脸上，我的眼里一片血红。

绿杆钢笔

入夏以来，地面上白天从太阳光中吸回来的热，就多于夜里边散放的热。地面也像村西头八十岁的豁牙爷一样，长年躺在网床上，出气没有吸气多了，人就喘得厉害。不仅是豁牙爷，那只芦花老母鸡也是这样，整日趴在凉影下，一口一口的长吸短吐，也喘得厉害。这个夏天里，秋生望着一天比一天热的日子，就感觉到一种说不清的焦虑与危险。夏至以后，虽然白天渐短，黑夜渐长，但一天当中，白天还是要比黑夜长。每天地面上吸回来的热仍比散发的多，地面上的温度也就一天比一天高。到了大暑，地面上的热量不断积累到了顶峰，大暑就必然热熬熬的，成为一年中最炎热的天了。

大暑里，天虽然热得最邪乎，但也算是庄稼人的好日子了。麦收了，油绿的春玉米刚长到一人高，正在自个儿扬花灌浆，不再麻烦人了。春红芋也是青青的盖满地，不需要再翻秧子的。麦后种的豆子、高粱、芝麻、谷子，锄过两遍草，也不要太烦神了。青麻最懂事，从头到尾都不麻烦人，只要种子一落地，就东一片西一片的自个儿长，一直长到被割的那一天。总之，这个月地里没有太多的活计要做了，大人们就相对的清闲。

可这样的七月，人们却睡得更少。一到夜里，蚊子就像一个个缠人的女戏子，嗡嗡嘤嘤盯着人发嗲哼曲。与其被这些个恼人的蚊子缠着不得安生，还不如听听那嘭嘭响的大鼓戏呢。歪嘴子大鼓张虽然就会唱两部书，《三侠五义》和《七侠五义》，但村里人真可说是百听不厌。据说，他师傅几十年前在村里就一直唱这两部书，以至于村里的大人小孩姑娘媳妇，都能说得头头是道。

秋生是个聪明的孩子，也最爱听歪嘴张唱大鼓了，对《三侠五义》可以说基本上能通篇连起来了。但今晚他还是老早就来了，也占了个最恰当的位置。占这个位置不容易，近了，鼓太响反而听不清，远了，听得清却看不清大鼓张那一招一式的动作了，少了些味道。

今晚的《三侠五义》说到了第十七回：开封府总管参包相，南清宫太后认狄妃。大鼓张今儿个说得特别卖力，场子里人也都半张着嘴，喝蜜一样带劲地听着。可刚说到，"包兴隔窗禀报：南清宫宁总管特来给老爷请安，说有话要面见！"夜空中忽地一道闪电，接着，就咕咙咙打了一个拖着长长尾巴却不太响的闷雷。暑天的雨落地之前，总是咋咋呼呼的，又是打闪又是打雷，扯着风东撞西碰地把动静闹得很大。就像村东头的黑猫婶一样，屁大点儿的事都一惊一乍的。书场子里的人都清楚，闷雷打了，但要下雨还得一大会儿呢。大鼓张也根本没把刚才的闪和雷当回事，左手持简板，右手按着鼓面，正道白得起劲。

秋生这时却悄不动声地猫着腰，从书场里退了出来。他有他的心事，他想早早地躺在床上谋划明儿早上的事。天晴的晚上，男人和孩子们都是睡在外面的，现在虽然雨还没下来，但要睡外面恐怕不太可能了。秋生把网床拉到东屋里，冲着门躺下了。天的动静越来越大了，又是打闪又是打雷，风也呼呼地扯长了声音。风是雨的头，看来雨真能落下呢。秋生有些焦躁，他担心雨真下大了，明儿早上的事咋办呢。

雨说下就哗地一下子下来了，瓢泼水一样。一会儿，爹和娘还有二哥都跑进了院子。爹进了堂屋，一边愤愤地骂着天，一边嚷着让娘点麦糠火熏蚊子。用湿麦糠火熏蚊子是淮北人夏天驱蚊的最好法子了。把麦糠从下面点着了，然后，再把洒了水的麦糠拢成一堆盖在上面，一会儿，浓烟就冒了出来，弥漫整个屋子。人都呛得眼泪鼻涕乱流，蚊子自然就受不了，就不再叮人了。

秋生突地咳了一声，是堂屋的麦糠烟刮了过了，有些呛。这时，娘挎着一篮子麦糠到来了他的屋里。一会儿，浓烟就弥漫了一屋子。秋生又大声咳了两下，娘就说："一会儿就好了，受烟的气就不受蚊子的气了，睡吧！"秋生含糊地哼一下，娘就走了。

这一夜，秋生几乎就没睡。这对于才十岁的秋生来说，可是从来没有过的。十来岁的破小子，白天疯玩一天，血脉再旺也是很疲很乏的。当然，这样年龄的孩子，只要一粘床一夜呼噜，天明保准还是牲口驹子一样又欢蹦乱跳了。要不，村里的大人就不会一见秋生这样的孩子，就会骂一句牛犊子了。驱蚊子的烟味确实很浓，但这是他平时经历过的，也受得住。这样看来，秋生倒不是被烟熏得睡不着，关键是他有心事。

说秋生一夜没睡，他是不愿意承认的。他心里是怕人看出他一夜没睡的。如果别人知道他没睡，当然别人是不可能知道的，但他还是担心别人一旦知道他一夜没睡，就知道了他的心事。秋生是一个不愿意让别人知道心事的人。他怕别人说自己一夜没睡，就强迫自己眨了三次眼。

这种眨眼也是睡啊，虽然与鸡一样，但也是睡呀。鸡是眨眼睡的，一眨眼就睡一会儿，然后醒来，然后再眨眼睡。这是娘给他说的，他也不止一次地看过，家里那只芦花母鸡就是这样睡的。

雨下了一阵子，就停了。雨一停，风也没有了动静，夜仿佛经过刚才这阵雨一冲，显得更静了。这时，蚊子的动静就大起来，嗡嗡嘤嘤个不停。它们被麦糠烟熏晕了，这会烟不大了，又都复回劲儿来了，有点儿变本加厉地叮人，也有点儿报复的味儿。秋生没有睡着，他想着明儿早上，如何拿着那十个鸡蛋去赶集卖的事。用竹篮子吧，可就十个鸡蛋，虽然下面是要垫些麦秸的，但也由于鸡蛋太少而显寒碜，别人家还不知道他要卖啥呢。那就用娘的那条牡丹花毛巾兜着吧，这样也不招眼，卖了把毛巾一攘，就单人回来了。可他一想，这样也不行，娘的那条毛巾太花了，似乎别人一看就知道是女人用的，一个男孩儿用女人的东西，秋生感觉有些脸红。

思来想去，秋生最后决定就用自己的蓝书包。书包是娘用蓝洋布给缝的，针脚细细的，同学都说是缝纫机子做的呢。想到蓝洋布书包，秋生有些得意，那就用书包吧！这件事决定了，秋生感到很轻松，就眨了一会儿眼。

暑天的雨就是这样，三好两歹的，说走就走说来它就来。咕咙咙又一阵子闷雷，雨又下来了，不过，没有开始那阵子大。但眨眼睡的秋生还是被弄醒了。醒了的秋生很兴奋，他感觉天快亮了。天一亮，他就可以去集上卖鸡蛋了。鸡蛋卖了，他那个生长了一年的愿望就能实现了。秋生算着账，虽然他是可以口算的，但他还是用右手掰着左手指，郑重地算着。一个鸡蛋如果能卖七分钱，十个就是七毛钱，加上他原有的九毛钱，就是一块六毛了。而那支绿杆钢笔才一块四毛钱，买过后还剩两毛呢。哪怕人家说鸡蛋小了，不能卖七分钱一个，那也得六分五厘吧，十个鸡蛋也卖六毛五啊。加上原来的九毛，也是一块五毛五啊，买过那支绿杆钢笔，还剩一毛五呢。秋生兴奋得坐了起来，睁开眼，借着屋外的亮光，他又掰着手指算了一遍，又算了一遍。

那样的一支绿杆钢笔，一年多来，就像一头大牛一样，拉着秋生的心，向前向前，就是不能停下来。语文老师在三年级结束时就说了，下学期你们就是四年级了，过了三年级你们就是高年级了，就可以使钢笔写字了。在这之前，他们都是用铅笔写作业的。用钢笔就是一个提升，就成了一种标志，标志着他们是高年级了，是大人了。秋生想了想，可不是吗，初中生和老师，还有那些识字的大人们不都是用钢笔吗。可他从没有摸过钢笔，虽然没有摸过，但他是见过的，村里的会计天天都把那支黑杆钢笔挂在上衣口袋上的。有那么几次，村上冬天决账时，他就站在会计身边，看他用钢笔写出一行一行的蓝字来，清清楚楚的，比铅笔写的字好看多了，神气多了。

语文老师先发的奖状。秋生是第一名，当然是三好学生了。上讲台领奖时，秋生有些兴奋，虽然他每学期都是班上的第一名，他平时都不把自己的高兴劲儿表现出来，可这一次有点儿不一样。他心里想，这次幸亏又考了第一名，不然他回到家里就没有勇气让爹给自己买钢笔了。成绩通知书发完了，班会一散，秋生就立即出了校门。到了家，村里还没收工，爹和娘还没有从地里回来。秋生有点急，看一次头顶上的太阳，过一会又看了一次头顶的太阳。他估计爹娘快要到家了，就把草柴从院子里抱到灶前，他准备娘做饭时自己就烧火，而且在烧火时要先给娘说说买钢笔的事。爹的脾气像麦秸火，说着就着，这事得先给娘说，然后再由娘给爹说，把握性就大些。

娘和好面，开始在案板上擀面条了，秋生才开始生火。夏天柴草干，火就旺，要是提前生火，面条擀不好，锅里的水就开了，那就是一种浪费。锅里水开的时候，娘正好切完最后一刀。秋生看着娘掀开锅盖，两手从案板上托着面条下到锅里，娘脸上很高兴的样子。秋生就说："娘，我开学就是四年级了。"

娘从筷笼子里拿出一双筷子，一边抄锅里的面条，一边说："知道了。"见娘没明白自己的意思，秋生感觉失望，就又说："娘，开学我就是高年级了！"

娘吹了一口锅上的雾气："俺儿多能啊，肯定能升级的，又考第一名了吧！"秋生有些高兴了，往灶里填了一把柴，站起来一边看看锅里的面条开吗，更重要的是要给娘说买钢笔的事。

　　"娘，老师说开学都得使钢笔了。"娘这才看了一眼秋生，笑了笑，"好了，锅开了，出去凉快凉快吧，叫你大回来吃饭。"

　　秋生不知道娘听没听清自己要买钢笔的事，也不好再问了，就快快地出去了。出了院子，秋生就扯开嗓子："俺大，回来吃饭了！俺大，回来吃饭了！"地叫了两声。

　　爹一会儿就回来了，秋生赶紧给他端了一碗面条，而且拿了两瓣子生蒜。娘也端着碗过来了。吃第二碗的时候，秋生就一直看着娘，娘知道他的心事，就说："他大，孩要升高年级了，这学期又得了个第一！"

　　爹呼噜了一口面条汤，看了一眼秋生，咕哝一句："升呗，再两年上完小学就能回来下地了。"秋生和娘都愣了一下，想不到这个男人会说这句话。

　　"亏你还是个爹，孩回回第一，是要有出息的，开学你给他买支钢笔吧，先生叫使钢笔了！"娘有些恼怒地说。

　　"啥，买钢笔，你还真把念书当个鸟事了，咱生下来就是打坷垃的命，盐都没得吃，买啥钢笔！"秋生一听爹说这话，端起碗就走了！见秋生生气走了，爹更不高兴了，"小鳖子，开学就不叫你去了！"

　　新学期开学了，秋生爹没有问他的事，娘把一块五毛钱的学费给了他。秋生虽然拿着学费，可步子很沉，有点儿不敢进学校。因为他没有买钢笔，他怕老师说他，他更怕同学笑话他，第一名的学生连钢笔使都没有。最终，秋生还是到了班上，他交了学费，领过新书，就坐在自己的位子上看起书来。他不想看同学，尤其是怕看到同学们都使钢笔，而自己却没有。事情跟秋生想象的也不一样，其实班上只有五个同学用了钢笔，有两个还是旧笔，其他的同学依然使的还是铅笔，也有几个人使的是圆珠笔。接下来的日子，秋生心里好受了一些。

　　开学快有两个星期了，那天班上的刘伟却突然说："都来看看我这支笔！"刘伟就坐在秋生的后一排，秋生也转过脸来，果真看到一支绿杆钢笔。翠绿翠绿的杆子，笔杆不粗也不细，但感觉很诱人。秋生看了两眼就转过身来，他不想让别人看到他对这支笔的兴趣。但他还是被这支笔吸引着，就听别人对这支笔的议论。后来，他听刘伟说这支笔是他姐从集上的供销社给买的，一块四毛钱呢。这句话，一下子记在了秋生的心里。

门外的夜空有些放亮了，秋生歪头望了一眼屋外，这时，自家的那只红栗毛公鸡就咯咯咯的叫了。接着，村子里的公鸡都叫了起来，咯咯咯……咯咯咯的叫成一片，叫声由近而远由远而近，穿破夜色旋绕在整个村子上空。秋生知道这是头遍鸡叫，还得两个时辰才天明呢，他翻了个身，又接着想那支天亮就可买到手的绿杆钢笔了。

见过刘伟那支绿杆钢笔的第三天，就是星期日了。吃过早饭，爹娘都出工干活去了，秋生决定到集上的供销社看看。集子离秋生的村子也就四里多路，眨眼间就到了。集不大，一条东西街，两边是一个接一个敞开门的商店。秋生来到了供销社，他先在门外犹豫了一下，下了一会决心最后才进去。面前是一排装了玻璃的柜台，里面整齐地摆着不少东西，花花绿绿零碎零碎的，秋生可能也是有点儿胆怯，看着看着就感觉有些眼花。到柜台的最东头，他的眼睛突然一亮，绿杆钢笔！他向前伸了伸脖子，虽然隔着一层玻璃，眼珠子还是被这支绿杆钢笔给拽住了。应该是过了很长时间，秋生听到一个甜甜的软软的声音："学生，买钢笔吧。"

秋生一惊，抬起头，见柜台里面那位留剪发的女营业员正看着他。他的眼向下闪开了，不知道如何回答是好，就用手在柜台的玻璃上指了指那盒绿杆钢笔。女营业员伸胳膊在柜台里拿笔的时候，秋生看了一眼她：真是个俊啊！脸白生生的还有两上小酒窝，眉毛柳叶一样细细的，睫毛很长像挂了水一样的闪着……女营业员把笔递过来时，秋生两手搓了搓，接过来。笔翠绿翠绿的，杆子不粗也不细，凉凉的在手里，舒坦极了。秋生没敢看几眼，当然更没敢拧笔盖了，因为他没有钱，他是来看看的，就把笔递了过去。"不买吗？"女营业员软软地问道。"嗯，俺娘让俺来看看价钱的。"这话虽然是在路上想过很多遍的，可秋生还是有些紧张，说出来就结结巴巴的。秋生转身要出来的时候，女营业员说："那就快来买吧，一块四一支，这批货可不多了！"

从供销社出来，秋生就下定了决心，一定要买这支笔绿杆钢笔。而且，他还决定自个儿挣钱买，不看爹那张能滴出水的脸子了。于是，他开始满树上找蝉蜕，蝉蜕是有人到村子里收的，二十个一分钱。这个夏天，九岁的秋生也没有感觉到热，手里拿着个长秋秸，整天仰着脖子朝树上瞅，他发疯似的一天能跑几个村子。到了晚上，脖子硬得难受，可一想这一天又找到几十个蝉蜕，就乐滋滋的睡着了。

这个夏天，他做梦也特别多，每个梦却都与蝉蜕与树与那支绿杆钢笔有关。秋天到了，蝉蜕真难找了，也没有人来收了，秋生开始最后一次数钱了。他数了又数，一分钱也没少，正好八毛七分钱。这么说来，这个夏天他整整找到了1740个蝉蜕。不，还有几十个没有卖出去呢。秋生高兴得要命，像得胜的将军，心里藏了个希望，像小兔子一样一拱一拱的，在没人的时候总是偷笑个不停。他高兴是有理由的，再差六毛三就够一块四了，那支绿杆钢笔就成了自己的。他很有信心，明年买到那支笔，因为不就是再找一千两百六十个蝉蜕吗！

虽说是明年就可以买了，可秋生还是想提前把那钢笔买到手，于是，他就不停地想办法攒钱。可当听说集上的代销点收红芋盖子的时候，他兴奋得一夜里没睡。红芋盖子是能拾到的。在淮北，红芋是主食，红芋汤红芋馍离了红芋不能活，人们就把红芋匾成片子，晒干了拾起来，就成了一年的主要吃食了。秋天要收成的东西多，人就忙和累，人在拾红芋片子的时候那些手指盖一样大的，就有可能拾不净。秋生一到放学就去地里，今天找拾一把，明天找拾两把。

落雪了，地里再也找拾不到了，秋生用袋子把拾来的红芋盖子背到集上的代销点。收货员晃了晃袋子，用秤一称，正好十五斤，除了两斤袋子和一斤潮，正好十二斤。一斤五分钱，正好六毛钱。秋生攥着刚卖的六毛钱，飞一样的向村子走去。他已经有一块三毛七分钱了，再差三分就是一块四了，那支绿杆钢笔马上就是自己的了。

秋生回到家时，鸡都上窝了，娘也在灶屋里烧火了。村里人不说吃晚饭而是说喝剩茶。天天的晚饭都一样，熘几个红芋，有时也熘两馍。

吃块红芋吃块馍，再喝点锅里剩的熘馍水，就算过去了。喝过剩茶，爹就蔫巴着脸，不声不响地走了。秋生本来想给开口再要三分钱的，这样他就可以凑够买笔的钱了。他知道娘是没有钱的，一分也没有，娘向来是不管钱的。但秋生还是想试着问问娘。他张了张嘴，正要开口时，娘却先开口了，"孩啊，娘不好开口呢。"秋生望着娘一脸的难受样，不知道发生了什么事，就说，"娘，你说吧。"娘盯着秋生看了一会儿，叹了口气，然后才开口，"你看你大，浑身都肿了，他不能吃没有盐的饭呢！"

秋生这才想起来，家里的饭已经快一个月是甜的了。爹虽然脾气不好，但他最要面子，从不张口向别人借东西的，更别说借钱了。家里没钱买盐了，就只有吃甜饭。爹是有病的，一吃甜饭病就重，浑身都肿，这一点秋生是知道的。一想到这些，他本打算把钱拿出来的，可他好不容易才快攒够一块四啊，他真的不舍得，就看了看娘，没有吱声。娘当然也知道他的心事，又重重地叹了一声。秋生心里难受极了，眼泪忽地充满了眼眶子。他知道爹的病，但更疼娘，他不愿意看到娘作难。可那支绿杆钢笔老在眼前晃动，这支笔拽着他的心，他的心呵吱呵吱的疼，疼得他把头低了下来。娘又叹了一声，扶着案板站起来，走了。

秋生躺在床上，也是睡不着。爹蔫巴着脸、娘叹着气，都在他脑子里。笔还能再买，可爹要是有个三长两短，娘要是愁出病灾来，那可就是自己的罪过了。秋生是个懂事的孩子，最终他还是决定把钱拿出来，但不是全拿出来，他只想先拿出来五毛钱，让爹去买盐。一旦做出了决定，秋生心里就安泰了，一会儿就睡着了。天还没亮，秋生就起来了。他来到堂屋里娘的床头，小声说："娘，这是五毛钱，叫俺大去买盐吧！"娘攥着秋生的手，颤着声说，"好孩子，娘一定还你钱，让你买钢笔！"

到了冬天，乡下的日子就过得慢了。秋生心里一直惦记着娘的话，可是一天一天的挨过去了，娘也没再提过还钱这事。秋生知道冬天娘更是没有钱的，四只老母鸡都歇窝了，一个蛋也不屙了，一家人点灯的煤油和盐，都靠这四只鸡呢。秋生也不好开口说什么，他只盼着这冬天快过去。冬天去了，春天就来了，春天来了，老母鸡就下蛋了，家里就有了活泛钱了。让秋生没有想到的是还是发生了，腊月二十这天夜里，雪不声不响地就下了起来。天亮后，娘起来扫院子里的雪，一开门就大叫了一声，"我的天爷来，鸡叫黄鼠狼拉走了！"听到这一声喊，爹也冲出了屋。鸡窝门果然是开着的，一只鸡就躺在鸡窝门口，身子下是一片洇红了的雪。

这时，娘已经把头伸进了鸡窝门子，里面就只有一只芦花母鸡了。她伸胳膊把鸡掏出来，长松了一口气，幸亏还留一只啊！娘抱着这只惊慌失措的芦花母鸡，爹就开始顺着雪印子，向前找。因为大门是关着的，也许是老母鸡太重了，黄鼠狼竟没有拉走一只鸡。被咬死的三只母鸡都在院子里，只是那只白鸡被吃了半个身子。这个年，秋生家算是过了个肥年，三只老母鸡有十几斤重呢。可一家人过年时吃的时候，却都高兴不起来。吃是吃了，可春天一家的零用钱哪里去弄呢。秋生更是沮丧，娘是说过一次等春天了，鸡都下蛋了就还他钱的。

过了正月十五，就开学。秋生背着书包准备到学校时，娘叫住了他："孩，春天是不能还你钱了，就这只芦花鸡了。到了夏天，如果它还下蛋就都是你的！"秋生没想到娘也惦记着这事，心里酸酸的也甜甜的，毕竟又有盼头了。有盼头的日子过就快，转眼间，夏天到了。放暑假的时候，娘郑重地说："孩，娘说话算数，天热了鸡都歇窝了，可你只要伺候好它，它还是能下蛋的。娘就看你的本事了！"秋生得了这句话，心里一下子又充满了希望。母鸡天生就是下蛋的物件，我还不信不能让它暑天下蛋了！

放假了，秋生本想一边用心伺候那只芦花鸡，一边再找拾蝉蜕，这样可以加快攒钱的速度。可是，由于天落雨太少，今年竟没有多少蝉。这个计划几乎就是没有希望，所以他把主要精力集中在伺候这只芦花鸡身了。鸡吃虫子是容易下蛋的。他就满地里逮虫子，让芦花把虫子当主食。去年找拾蝉蜕，今年逮虫子，秋生也真的不容易。可功夫不负有心人，芦花母鸡真的下蛋了。秋生捧着芦花鸡屙出的第一个蛋，他蹦了起来，在那个鸡蛋上亲了又亲。乡下虽然说"看鸡下蛋陪客吃饭"是两大美差，可秋生却不这样认为，他是在等鸡下蛋，不，是盼鸡下蛋啊。这只芦花母鸡最终还是没有辜负秋生的厚望，截至前天，终于下够了十个蛋。

一个鸡蛋如果能卖七分钱，十个就是七毛钱，加上他原有的九毛钱，就是一块六毛了。而那支绿杆钢笔才一块四毛钱，买过后还剩两毛呢。哪怕人家说鸡蛋小了，不能卖七分钱一个，那也得六分五厘吧，十个鸡蛋也卖六毛五啊。加上原来的九毛，也是一块五毛五啊，买过那支绿杆钢笔，还剩一毛五呢。秋生掰着手指算了一遍，又算了一遍。

鸡叫三遍的时候，天就放亮了。不仅公鸡咯——咯咯——咯咯咯的叫，母鸡也跟着咕咕的叫，早起的麻雀也叽叽喳喳的叫成了一片，村子里就荡漾着绵延的叫声，起起伏伏，缠缠绕绕。秋生觉得现在起来，也不嫌太早了，就一翻身起了床。他走出屋门，一股子雨后的清新味道让他心情很好。他伸伸了胳膊，小心地到堂屋里去了。夜里下雨了，爹和娘就没有往常起得早，还都在睡着。他就掐手捏脚地走到西门的粮囤前，把鸡蛋一个一个地放在倒空了的蓝洋布书包里。临迈出门槛时，娘发了嘱咐，"孩，长个心眼啊！"秋生嗯的应了一声，就出了门。

秋生小心地拎着鸡蛋来到院子里，他现就准备打开院门，去赶集。正要抬步的时候，突然想起那只芦花母鸡了。他转身来到鸡窝前，把堆站的那块木板抽掉。先钻出来的是那只红栗色的公鸡，接着芦花母鸡才慢吞吞地走出来。红栗公鸡一出窝，就迈着欢快的步子在院子里转了两圈。接着，爪子在湿地上飞快地抓刨了几下，尖嘴就叨住了一根粗大的虫子。这时，芦花母鸡看到了，冲过去要抢食。公鸡甩了甩头，一直脖子就咽了下去。芦花母鸡正在发呆时，红栗公鸡仰头自豪地叫了两嗓子，突然蹿到芦花母鸡身上，要行好事。秋生看在眼里，心里很不是味，心里骂红栗公鸡，你不给它吃一口也就罢了，还要给人家配对，真是没有天理了。他一抬脚，公鸡就拍了拍翅膀，溜跑了。

秋生的家门口，就是村子里的方塘。塘不大，却挤满了荷花。这个时节正是荷花开的时候，荷花本来就晨开暮敛，雨后的早晨显得更艳了。秋生只扭了一下头，就被这花芬芳住了。秋生没有迷恋这花香，快步走了过去。出了村子向东，一直向集子的方向走去。路两边的玉米棵、芝麻、豆子、青麻，经过夜里雨的冲洗，都绿得艳艳的，透亮的水珠沾在大大小小的叶子上，秋生觉得这是从没有过的新清和滋润。这里是沙地，雨后的路平平整整的，只是偶尔路边的洼汦里有几汪水，根本不影响走路的速度。不觉间，秋生看到了路旁那口枯井。枯井离集子还有一里路，走到枯井，集子就在眼前了。

　　秋生来到集上，已经有不少人了，但都是或蹲或站地摆着摊子卖东西的人。来买东西的人倒不多。他不知道这是规律，卖东西的总是比买东西的来得早，心就有些急，怕自己的鸡蛋卖不出去。他找到鸡蛋行，瞅了个空地儿，蹲下来，把蓝洋布书包扒开口，把鸡蛋露在外面。卖鸡蛋的还真不少，排了一长排，足足有几十个人。秋生看看左右卖鸡蛋的人，有男有女，但都比他年龄大，个子也都比自己高，自己也就像个塞子一样加在中间。这么多卖鸡蛋的，鸡蛋又这么金贵，能不能都卖掉呢？秋生有些犯愁。但他看了看自己眼前的鸡蛋，又有了些自信，这些鸡蛋可都是芦花母鸡吃虫子下的，肯定比别人的香，那还能愁卖不出去！

　　人渐渐地多了起来，来买鸡蛋的人也多了起来。有的人已经从旁边人的手里买走了鸡蛋，秋生心里既兴奋又紧张，咋还不来买我的鸡蛋呢。他正琢磨着呢，这时一个穿着汗衫的胖女子走了过来。秋生见她是冲自己来的，就赶紧说："你看看我这蛋！"右边的一个女人就笑了。秋生突然知道自己说走了嘴，就涨着脸说，"我这鸡蛋多好！"胖女人弯下腰，秋生知道她是想蹲下来的，可能是太胖了，不好蹲就只有弯着腰。秋生拿起一个鸡蛋就站了起来，一起身，竟看到了她那汗衫里白白的皮肤。他赶紧收回眼光，托着那个鸡蛋说："你看看，这多鲜啊！"

　　胖女人直起腰，往秋生手里的鸡蛋看了看，眼向上一挑，说："多少钱一个？"

　　"七分一个。"秋生怯生生地说。

　　"你杀人啊！"胖女人不高兴了，声音很大地叫起来。秋生知道这胖女人是吃公家饭的人，不然不会穿这汗衫子。吃公家饭的人自然有钱，他希望能把鸡蛋卖给她。秋生笑了一下，嘘着声说："这鸡蛋是俺家芦花鸡吃虫子下的，香着呢！"

"小屁孩子，你刁着呢！吃虫子的鸡下的？没准是你偷的呢！"胖女人的话一声比一声高。秋生一听这话，脸晔红到了脖子根。这时，左右的卖鸡蛋人都朝他看，仿佛自己真成了偷鸡蛋的贼。秋生气得哆嗦起来，"你说啥，这是偷的，你啥凭啥据？"

胖女人没想到秋生会发这么大的火，也瞪着眼吼起来："咋了，小屁精孩子，不是偷的你怕什么！你咋证明不是偷的？你说！"

被这胖女人一问，秋生蒙了，一时还真找不出凭据，证明这鸡蛋是自家那只芦花母鸡下的。嘴就哆哆嗦嗦的说不出话来。这时，左右卖鸡蛋的人，就七嘴八舌地说："说不准真是偷来的呢！""哪有孩子来卖鸡蛋的！"秋生更急了，他没想到这些卖鸡蛋的人也这样说自己。他猛地蹲下去，拎走蓝洋布书包，大声说："你们等着，你们等着，俺去把俺家那只芦花鸡抱来给恁看！"

秋生快步从鸡蛋行走出来，走到街中央。身后是一片笑声，眼前是一个个怪异的目光。

带气带急走路，脚下就生了风一样的疾。秋生感觉路两旁的玉米棵子，也向自己的身后飞跑着。他心里只有那个胖女人和那只芦花母鸡，其他的什么也没有了。他一定要把芦花母鸡，抱给那胖女人看。快到村子的时候，他突然想起来，不仅仅让那胖女人看，还要让那些卖鸡蛋的也看看，让集上所有的人都看看，看看我秋生到底是不是偷鸡蛋的贼！他必须让那些人给自己一个清白。

秋生来到自家的院门前，一脚把半掩着的门踢开了。他进了院子，就看见那只芦花母鸡还在院墙根下找着食，它大概也是在找曲蟮吧。秋生顾不了这么多了，把蓝洋布书包往地上一放，就向它扑去。芦花鸡咕咕地叫着，秋生扑了一次又扑了一次，第三次终于抓住了。这时，娘从堂屋里出来了。娘不知道秋生为什么抓鸡，也不知道究竟发生了什么事，就急急地问："孩，这是咋了？这是咋了！"

秋生哇的一声哭了，放声大哭起来。"我的小冤爷，这究竟是咋了啊！"娘走过来，扶着秋生的肩也带着哭腔问。秋生死死地抱着芦花鸡，哭了一会儿，才停下来。"你说，你快说啊，快要把娘急死了！"娘把秋生的肩头搂得更紧了。

"他们说俺的鸡蛋是偷来的！俺非把芦花抱过去，让他们看看俺可不是偷鸡蛋的贼！"秋生哽咽着说。

"我当是天掉下来了呢！他们说让他们说去，这些歪嘴子！咱不跟这些鸟人较劲！"娘哄着秋生。秋生不依，一点儿依的意思也没有，扭着身子非要去不行。娘知道秋生的脾气，知道他这次是气坏了，也就依了他。"那好，咱娘俩一道去，我看哪个遭砍头的还敢瞎说！"

秋生抱着芦花母鸡，娘拎着蓝洋布书包里的鸡蛋，急急地出了家门。秋生在前面小跑着，娘也在后面小跑一样地跟着。到了村头，迎面碰上黑猫婶，她见秋生娘儿俩飞奔一样的过来，一个人抱着鸡，一个人拎着布包，不知道发生了什么事，一伸胳膊要拦秋生。秋生一推，黑猫婶向后退了两步，差点儿倒下。"恁娘俩这是鬼拿的啊，弄啥去！"秋生娘没好声气的说："赶集去！"秋生走了老远，还听见黑猫婶大声的咋呼着，"中邪了，中了邪了！"

眨眼间，秋生又看到了路旁那口枯井，枯井离集子还有一里路，走到枯井，集子就在眼前了。

集上的人比秋生第一次来时，多多了，走路都得挤人缝。秋生也不管这些，抱着芦花鸡向鸡蛋行那边挤，秋生娘也在后面跟着，嘴里还不停地喊："别急，别急，牛吃不了日头！"街上的人就朝这娘俩看，自然就闪出来条道来。

一会儿，秋生就来到了鸡蛋行。但这里卖鸡蛋的人已经没有他在的时候多了，有些人好像根本不知道发生在秋生身上的那件事，就怪怪地看着他们娘俩。秋生站住了脚，双手举起芦花母鸡，突然大声地说："你们看，你们看看，这就是凭据！谁还敢说俺的鸡蛋是偷的！俺的鸡蛋就是这只母鸡下的！"芦花鸡没见了这么多陌生人，也没有被高高地举起过，就惊恐得咕咕咕地叫个不停。秋生娘也举起手里的蓝布鸡蛋，气愤地说："谁说俺孩偷鸡蛋？有种的站出来！"

转眼，秋生娘俩被一圈人围住了。都伸着头向里面看，不知道发生了什么事。在圈里的人，就你一言我一语，有劝的，有问的，有议论的，有笑的，乱哄哄的一团。秋生不想再给这些人说什么，他觉得他已用这只芦花鸡作凭据，向这些卖鸡蛋的证明了自己。他现在要去找那个穿圆领汗衫的胖女人，她才是他要找的最重要的见证人。

秋生向外走，娘也跟着向外走。人们就给他俩让出一条缝隙儿，他们在街中央，一个前头抱着芦花鸡，一个拎着蓝洋布袋子，一前一后在街穿行着。秋生从鸡蛋行向东走，到头了也没看见那个胖女人。他不死心，又折回头来，向街西走。人们就又给他俩让出一条缝隙儿，他们在街中央，一个前头抱着芦花鸡，一个拎着蓝洋布袋子，一前一后在街穿行着。秋生虽然还没有找到那个胖女人，可他却像一个得胜的将军一样，在向两边的人证明着一种胜利。

暑天的集是露水集，也就是早集，露水一落地就要散了。街上的人很快散得越来越稀了。秋生和娘到底没有找到那个胖女人，心里有些失望。秋生还有再找的意思，娘就劝："孩，人家也都知道了，说不定那胖女人早就吓跑了呢，咱娘俩回吧！下集再找也不迟。"秋生有些不情愿，但他也是有些绝望了，就朝着娘说："回也行，下集我还得来找她！我就不信她能钻地缝里！"

秋生的村子就是集的西边，他们也就自然地向集外走去。出了集，人就更稀了，都是些匆匆往回赶的人。公社的粮站是在集西头的，秋生娘每年交公粮时都来的。到了粮站门口，就往里面多看了一眼。这时，一个胖女人从大门里走出来了。秋生娘一惊，站住了，她对秋生说："你看看，是不是这个胖女人！"

秋生停了下来，转回头一看，果真是那个胖女人！他话也不说，抱着芦花鸡就向胖女人这边冲去。胖女人显然是忘了在鸡蛋行的事，当秋生冲到她跟前，大喊了一声，"站住！"时，她还不知道咋回事呢。

"恁，恁这是干啥？"胖女人一惊，突然想了起来。

"你这个当官的，你差点把俺孩气死，你转眼都忘了啊！"秋生娘先开口说。

"还敢再说我的鸡蛋是偷的吗，俺的鸡蛋就是这只芦花鸡下的！"

秋生得理不饶人地对胖女人大声说。

胖女人，愣了一会儿，突然大笑了起来。可能是笑得太狠了，竟笑弯了腰。她一边笑，还一边用右手拍着自己肥白的大腿。秋生和娘也被这女人突然的大笑弄得不知所措了。愣愣地看着，任着她笑。胖女人煞住了笑，就说："我当啥事你，这大兄弟也真犟，我就一句话他还就当真了！"

秋生板下了脸："谁跟你闲诨，你今天不给俺正名，就不能算毕！"

"你咋能说俺孩是偷来的鸡蛋呢！俺乡里人的名誉可比啥都金贵！"秋生娘也生气地说。

胖女人见秋生娘俩真的是生气了，就赔着不是说："都是我的错好了吧，恁说这鸡蛋多少钱一个，我都买了，要多少钱给多少钱！就算我赔罪了。"

"你说，你说俺这鸡蛋到底是不是偷的？"秋生紧追着。

"都是我的错好了吧，恁说这鸡蛋多少钱一个，我都买了，要多少钱给多少钱！就算了赔罪了。"胖女人又把刚才的话说了一遍。

"喂狗俺都不卖给你，俺就要你说，俺这鸡蛋到底是不是偷的？"秋生不依不饶的。

秋生娘一听秋生这样说，赶紧开口说："孩，可不兴说话带脏口，杀人不过头点地，她认错了就行了！"

胖女人见秋生犟着，不肯松口，知道自己不正面回答眼前这个孩子的话，是不行的。她就赔着笑脸说："大兄弟，我错了，你这鸡蛋是这只芦花鸡下的！这样行了吧？"

秋生看了一眼胖女人，扭头，转身走了。一句话也没有说。秋生娘倒是感觉有点不好意思了，就说："这孩子犟脾气，你多担待点儿。"

秋生回头看了一眼娘，他娘就不再说了，拎着蓝洋布书包里的鸡蛋，跟了上来。秋生现在走得不快了，还可以说是很慢的。他像胜利的将军一样，在心里正在体验着那种凯旋的感觉。那种被证明了的快感和满足，使他心情慢慢好起来。他感觉自己今天做了一件从没有想过的大事，他不知道自己咋会有那么多大的勇气，敢于在那么多人面前证明自己。这样想着，心里就蜜蜜的甜。路两边的玉米棵、芝麻、豆子、青麻，经过夜里雨的冲洗，都绿得艳艳的，透亮的水珠沾大大小小的叶子上，秋生又觉得这是从没有过的新清和滋润。

这只芦花母鸡是通人性的，它也知道秋生是高兴的，自己也高兴起来。咕咕咕地叫着，还不停地向外挣。秋生看了一眼芦花鸡，骂了一句，"你高兴啥，还不都是你惹的祸。"虽是这样骂，其实秋生从心里是感谢芦花鸡的。芦花鸡不就是自己的希望吗。这样想着，就觉得对不起它，心里一松，手里也松了，芦花鸡竟趁势真的挣脱了，飞到地上，咕咕地向前跑去。

秋生急了，也来不及想什么，就向前追去。他越追，芦花鸡越跑得快，芦花鸡越跑得快他越追得紧。这满地的青庄稼，要是跑丢了可咋办。秋生一边想，一边向前疾追。追着追着，那口枯井就在脚下了。秋生心里一凉，感觉身子一飘，就掉进井里了，接着就没有了知觉。

不知过了多少时间，秋生感觉自己眼前又是那支绿杆钢笔，翠绿翠绿的，杆子不粗也不细，凉凉的在手里，舒坦极了。接着，那只芦花母鸡又来到了他的眼前。它的爪子在湿地上抓刨了几下，就叼住了一根粗大的虫子。这时，红栗公鸡看到了，冲过去要抢食。红栗公鸡没抢到，就蹿到芦花母鸡身上，要行好事。秋生看在眼里，心里很不是味，配对的母鸡下蛋少，他要把公鸡撵跑，一抬脚，自己就嗷的一声醒了。

这时，就听见娘哭了起来："孩啊，你可醒了！吓死你大和我了！"

秋生不知道自己的腿摔断了一条，想折起身子，腿就像锥子扎的一样，骨头里面，咯吱咯吱的疼起来。只一会儿时间，就疼得一身的冷汗。